Enrique López Yáñez

LAS SOMBRAS DEL JORDÁN

BARKER & JULES

BARKER & JULES

LAS SOMBRAS DEL JORDÁN

Edición: BARKER & JULES™
Diseño de Portada: José Luis Chávez | BARKER & JULES™
Diseño de Interiores: Gustavo Novas | BARKER & JULES™

Primera edición - 2023
D. R. © 2023, ENRIQUE LÓPEZ YÁÑEZ

I.S.B.N. Paperback | 979-8-88691-243-2
I.S.B.N. Hardcober | 979-8-88691-244-9
I.S.B.N. eBook | 979-8-88691-242-5

Derechos de Autor - Número de control Library of Congress: 1-11456335841

Todos los derechos reservados. No se permite la reproducción total o parcial de este libro, ni su incorporación a un sistema informático, ni su transmisión en cualquier forma o por cualquier medio, ya sea electrónico, mecánico, fotocopia, grabación u otros, sin autorización expresa y por escrito del autor. La información, la opinión, el análisis y el contenido de esta publicación es responsabilidad de los autores que la signan y no necesariamente representan el punto de vista de BARKER & JULES™, sus socios, asociados y equipo en general.

BARKER & JULES™ y sus derivados son propiedad de BARKER & JULES LLC.

BARKER & JULES, LLC
500 Broadway 606, Santa Monica, CA 90401
barkerandjules.com

Para:

Paty;

Julia y José;

Pepe, Carlos, Jorge, Muñe, Yulis y Jaime;

Reyna;

por compartir sus vidas conmigo.

*Un agradecimiento especial para
el Dr. Juan Antonio Rosado Zacarías,
no sólo por su asesoría en la terminación
de esta obra, sino también, por sus
consejos y comentarios que me han
llevado a tener una visión más profunda
y completa del arte literario.*

PRESENTACIÓN

Algo me ha hecho escudriñar los oscuros vestigios del pasado y seducido a conocer, bien o mal, a hombres y mujeres de otras épocas: sus pasiones, pecados, vicios y virtudes; su sed de poder, de venganza y, ¿por qué no?, de mejorar la suerte de los demás.

Sin embargo, por mi casi nula preparación académica en Historia me considero sólo un aficionado que corre el riesgo de caer, con frecuencia, en trampas básicas como no distinguir entre pistas bibliográficas acertadas y equivocadas, o entre interpretar mal a autores reconocidos y creer entender bien a charlatanes alejados del método científico, o entre no distinguir escenarios históricos correctos y precisos, y los basados en conclusiones parciales o poco rigurosas.

Esta seducción me lleva a satisfacer la inquietud de conocer lo mínimo de una compleja sociedad europea durante los siglos XV y XVI; las revueltas sociales y religiosas basadas en nuevas ideas que romperían con un orden establecido durante cientos de años; el interés por el hermetismo y la magia, considerada herencia de la antigüedad, para entender el mundo, y en contraposición, los continuos descubrimientos e invenciones junto con el nacimiento del método científico y el nuevo papel de las matemáticas.

Es la seducción de la historia de un hombre, de su insolencia, de la audacia de sus ideas, de la erudición de que hacía gala, de los títulos de sus obras filosóficas: *De la causa, principio y uno; Las sombras de las ideas; El sello de los sellos; La cena de las cenizas; Del infinito: el universo y los mundos; Cábala del caballo Pegaso; Expulsión de la bestia triunfante; Los heroicos furores.* Es la preocupación por saber cómo Giordano Bruno, atrapado en su momento histórico, logró mantenerse en las fronteras del conocimiento y se atrevió a enfrentarse a la reacción de la época.

Fue seductor descubrir un ejemplo de cómo las nuevas ideas mantienen al mundo en constante crisis, desestabilizan el control del poder político, económico y religioso y, por miedo, la manera en que los poderosos contestan con sus fuerzas represivas, muchas veces, con un trágico final.

Fue seductor creer ver, en ese pasado remoto o cercano, la clave para entender nuestras propias contradicciones y el poco o nulo cambio que ha habido hasta ahora en el fondo de todos nosotros.

PARTE I

La materia es animada y
el alma materializada.

De mínimo

I

—¡Asesinos! ¡Escuchen, asnos del populacho: no les temo! ¡Para cuando mueran los falsos reyes del cielo, con ese Dios siniestro, el de los vicios, el de las maldiciones, yo estaré con el Verdadero que da la vida!

—¡Por amor de Dios, callen al hereje!

Los guardias reaccionan con el grito perdido en el anonimato de la procesión. Uno de ellos se coloca detrás del reo, sujeta con fuerza sus delgados brazos; otro le oprime la cabeza con tal presión que parece vaciarle las órbitas de los ojos. La muchedumbre que logró colarse a las orillas del castillo guarda silencio, expectante; ve cómo un tercer celador se coloca al frente del prisionero. El hombre levanta una mano con la que sostiene un largo pinzón de hierro. Con una sonrisa burlona, le muestra al reo la punta, la coloca sobre una de las mejillas y poco a poco se la agujerea hasta atravesarle la lengua. Hilos de sangre fluyen por los orificios del rostro; terribles gemidos de dolor se escuchan a lo largo del puente que cruza el río. El punzón se asoma al otro lado de la cara. Fluidos diversos llenan los pulmones del acusado. Tose, vomita con fuerza borbotones de sangre y saliva; salpica a los monjes, a los carceleros, al populacho que los rodea: hombres que odian, mujeres que maldicen, niños que se burlan. Con lentitud, el espeso líquido escurre de la boca y la nariz sobre el cuerpo, se mezcla con el azufre untado a la tela del sambenito que viste el hereje, mancha a los demonios que, pintados de rojo, bailan de cabeza.

El guardia, enfadado, se limpia la cara. Saca de un morral otra punta unida a una base metálica rectangular, la acerca a la boca del hombre y le toca los labios. Con placer, la introduce poco a poco para producir el máximo dolor, hasta embonarla con la pieza ya atravesada y formar una cruz en la lengua.

El prisionero es sometido. El orden y la paz se restablecen en la procesión. Los verdugos están satisfechos: la voz del hereje fue silenciada. El inquisidor principal hace una señal para apresurar el paso. Todos obedecen. Se vuelve a escuchar, ahora más relajado, el suave canto de los monjes. Las antorchas que cargan los guardias se desplazan como tímidas guías bajo el oscuro y frío manto de la madrugada. En medio de una bruma olorosa a incienso, a lo largo de las calles, se escucha el fúnebre ritmo que provoca el sonido solitario y repetitivo de un tambor, acompañado del arrastre de las sandalias de los soldados e inquisidores y de las cadenas que el acusado sostiene con pies y manos.

El hereje, a cada paso, pierde el equilibrio. Los guardias evitan que caiga, lo sujetan con fuerza, lo cargan si es necesario. Por momentos, logra recuperarse, mantenerse firme, caminar solo. La gente, sin distingos de clases sociales, después de haber esperado toda la noche, forcejea para ver mejor la derrota del hombre que osó oponerse a la fe cristiana.

De improviso, los gritos de un anciano piden dejarlo pasar. Nadie le hace caso hasta que uno de los guardias sale de la procesión y le abre camino entre la gente.

—¡Dejen entrar a los enviados del Señor! —grita el celador. La procesión se detiene. Aparece un grupo de frailes vestidos de blanco y negro. El anciano, de grandes cejas blancas y nariz cacariza, habla para justificar su presencia:

—En nombre de mi congregación, hemos venido a ver al penitente. Él fue miembro de nuestra orden; por eso estamos aquí, para convencerlo de que se arrepienta. Aún es tiempo. No queremos que sufra más antes de morir.

La gente, molesta, les abre paso. Los frailes se incorporan a la procesión y obtienen el espacio suficiente para hablar con el acusado. Uno de ellos, el más joven, sin prestar atención al agotamiento y a las heridas ocasionadas por el hierro, se coloca frente al hereje. Nervioso, le habla:

—¡Por amor de Dios, hermano: olvida tu soberbia, arrepiéntete, sé humilde! ¡No mereces muerte tan dolorosa!

Los monjes rezan. El público calla. Espera escuchar los sollozos del derrotado; que ocurra un milagro, que se hinque, que implore perdón con los ojos, que renuncie a morir como un vulgar hereje o una bruja malnacida.

Vencido por el terrible dolor que nace de la boca, el acusado duda. Con calma respira con profundidad; se esfuerza por mantenerse firme, de pie; con los ojos enrojecidos, contesta con una mirada de desprecio que perturba a los monjes, quienes bajan la cabeza. Tras un breve silencio, solicitan que continúe la procesión. Pero los sacerdotes no se dan por vencidos. Todavía hay un camino por recorrer. Hay tiempo.

Parte del público corre al Campo de las Flores. Desea ganar el mejor lugar para el espectáculo. Pronto se llenará.

II

Bruno, nervioso por la lentitud del escribiente, camina de un lado a otro, espera a que termine de colocar sus pertenencias en el viejo baúl. Se le acabó el tiempo. Las circunstancias están contra él. Todo parece una trampa, pero es imposible comprobarlo. Hasta ahora, no había reconocido lo imprudente de regresar a Venecia sin darles importancia a las denuncias que, por herejía, le fueron decretadas hace años desde Roma. Tuvo que aceptar que la soberbia es la principal causa por la que está siempre en problemas. El sudor escurre por la frente, le irrita los ojos. Bruno los limpia con la manga de la camisa. No esperaba un calor tan asfixiante, sobre todo cuando la tenue luz del sol entra por las ventanas y anuncia lo poco que falta para el anochecer.

Con desencanto, escucha el abrir y cerrar de puertas, pasos apresurados, voces graves. Su anfitrión ha llegado. Bruno piensa en más argumentos creíbles, que sirvan de excusas para salir de Venecia. Espera a que su, hasta ahora, amigo entre en la habitación.

No transcurre mucho tiempo. En cuestión de segundos, la puerta se abre de golpe. Aparece Giovanni Moncenigo acompañado por un grupo de hombres fornidos, de rostros mal encarados. Se sorprende al ver los preparativos de viaje que realiza su invitado. En tono de queja, le reprocha:

—Amigo mío, ¿prepara sus cosas para irse sin haber concluido mis lecciones? ¿Tan mal lo he tratado? —Un momento de silencio. Moncenigo observa con atención la dudosa actitud de Bruno.

—Es por muy poco tiempo. Tengo compromisos en Frankfurt. Llegó la hora de nuevas publicaciones —contesta Bruno con voz sofocada, limpiándose con el brazo el sudor de la frente.

—Pero, disculpe, ¿dónde quedó todo lo prometido?, ¿sus lecciones?, ¿los secretos del Universo que yo aprendería? ¡Prometió enseñarme las técnicas de la memoria artificial y de la magia oculta, artes en las que usted es maestro! Insisto, querido Bruno, no hemos terminado —le reprocha Moncenigo con voz fuerte.

—¡Claro! ¡Hay mucho por estudiar!, pero sugiero discutir sobre otros temas y descansar de lo ya visto. Así ayudamos a madurar el conocimiento. Podríamos tratarlos a mi regreso.

—No, amigo Bruno, no estoy de acuerdo. Usted debe cumplir con la parte del compromiso que le corresponde.

—Lo siento, está decidido: partiré mañana.

—No, no es posible. Veámoslo de otra manera. Usted, además de la promesa no cumplida, tiene una fuerte deuda conmigo por el hospedaje, la ropa, la comida y el vino, que no le ha faltado en esta casa. Para irse, deberá pagarme primero —Bruno no contaba con esto. Nunca imaginó que Moncenigo le cobraría la estancia adonde hace tiempo lo invitó.

La mirada fija de los hombres que acompañan a su anfitrión lo intimidan. No logra entender qué esperan de él. Cree reconocer entre ellos a algunos gondoleros de la región. Resignado, Bruno cambia de discurso.

—Bien, todo está claro. Continuaremos con las lecciones —Con la palma de la mano extendida, le pide al ayudante, su escribano, que deje de empacar—. Mire, señor Giovanni, hemos agotado las pláticas más importantes, pero podemos escoger nuevos temas de interés para que le ayuden a digerir lo aprendido.

—No, no, amigo Bruno. Esto no es tan sencillo. He gastado mucho en usted. Debo asegurarme de que no me abandone. Tampoco tiene por qué cambiar los objetivos de mi enseñanza —contesta Moncenigo, enfadado.

—¡Es para reforzar el aprendizaje! —exclama Bruno, quien empieza a perder la paciencia.

—Le ofrecí la mayor hospitalidad que haya dado a cualquier visitante, y ahora ¿quiere pagarme de esta manera? Algo sí puedo asegurarle: en las lecciones que he recibido, no encontré ni el poder ni la sabiduría que lo han hecho famoso. ¡Las artes de la memoria y de la magia no deben tratarse sólo con la lectura de libros y menos si están en latín! Entiendo que usted no quiera que yo conozca sus secretos porque los esconde en el fondo de su alma, ¡pero eso es lo que le pedí! ¡Y considere que su deuda conmigo es muy grande!

Bruno permanece en silencio; no está seguro de entender lo que Moncenigo le reprocha. Sabe que es una necedad discutir con la ignorancia, y de esta, su anfitrión es un claro ejemplo. Pertenecer a la nobleza lo hace sentir que todo lo merece. Moncenigo es muy poderoso en Venecia, y Bruno es consciente de tener un nivel intelectual superior a él; le molesta estar obligado a ofrecerle respetos absurdos. Fastidiado por la discusión, Bruno concluye:

—Entonces, no tengo más por ofrecer. Le he enseñado todo lo que sé.

—¡No es así, Bruno! —Moncenigo contesta de inmediato. Los hombres que lo acompañan se ponen en guardia al escuchar la fuerte voz del anfitrión. Bruno se sobresalta. Moncenigo, al ver la reacción de los presentes, baja el tono de voz—. No tenga miedo de ellos. Sólo me acompañan para asegurarme de que usted no se vaya sin cumplir su compromiso. Lo tendré que encerrar.

—¿Qué quiere decir?

—No se altere. Es sólo para que no esté tentado a irse sin mi consentimiento. Lo hago por el bien de todos. Señores, ¡llévenselo!

Los hombres le hacen señas al escribano para que se vaya; con el rostro lleno de terror, huye. Los ayudantes de Moncenigo rodean a Bruno. Él, firme, no opone resistencia. Lo conducen por estrechas escaleras hacia el ático de la casa. Los hombres suben abrazados, como si temieran que Bruno pudiera escapar por algún hueco que quedara entre sus gruesos cuerpos. Al final del camino, abren un pequeño y ancho portón de madera, que rechina con fuerza. Entran. La habitación está oscura por completo. Bruno la observa con desconfianza, teme encontrarse con otro enemigo entre las sombras.

—Mi querido Bruno —explica Moncenigo—, le ofrezco disculpas; no tengo camas en esta habitación, pero puede dormir sobre los cobertores frente a la ventana. Créame, no se enfade; no tome a mal nada de esto. Sólo protejo mis intereses, y de paso, los de usted. ¿No querrá que digan por ahí que usted nunca cumple sus compromisos, verdad? ¡Señores, retírense!

Moncenigo deja sobre el piso un par de candelas a punto de consumirse y se despide con una reverencia. Todos se van. Bruno escucha el cerrojo de la puerta. Ya solo, con paciencia, espera a que la vista se acostumbre a la oscuridad ligeramente disminuida. Se sienta sobre el piso. Medita en las razones por las cuales Giovanni, que hasta hace poco se congratulaba de ser su amigo, ahora se comporte de manera tan diferente. Descarta las sospechas de que en la actitud de Moncenigo haya algo más detrás de su conducta. Si tan sólo pudiera satisfacerlo con la enseñanza que él quiere. Pero sabe que es inútil. Para Bruno, Giovanni está impedido de entender el fondo de las cosas, el significado profundo de las ideas, lo que nace en el interior de la mente. Giovanni Moncenigo sólo percibe sonidos en las palabras, líneas en las letras, discursos pueriles en la poesía. Su mundo es la fuerza, la gloria y el honor, y espera, de los conocimientos de Bruno, algo que jamás podrá recibir: el control sobre los demás. No lo mueve ni el placer de la poesía, ni la curiosidad, ni los razonamientos filosóficos, ni siquiera el amor; el poder es su único deseo.

El calor no cede durante la noche. Es imposible dormir. Piensa en sus fracasos. Estaba seguro de que Venecia, como estado poderoso e independiente, sería el lugar adecuado para enderezar su camino. Todo se puede en esta república. Desde aquí, Roma pudo haberlo perdonado. Sólo necesitaba el contacto con algún representante del papa, a fin de hacerle saber la conclusión a la que llegó sobre la manera en que el catolicismo es la mejor arma para entender la esencia de Dios. Él pudo ayudar a enderezar las desviaciones que ha sufrido la verdadera religión y sugerir cómo limpiarla de los juicios de sus detractores, que se han expandido vertiginosamente por Europa, pero ha fallado.

Pasan las horas. El cansancio lo traiciona. Pierde la noción de lo que ocurre. Hace buen rato que, para él, el tiempo dejó de transcurrir. Entre delirios y momentos de cordura, el constante silencio que lo rodea es interrumpido cuando un hombre le lleva comida. Bruno le hace preguntas; el desconocido no responde.

No puede dormir, se siente arrastrado por una tormenta de ideas que se repiten en cada momento. ¿Cómo podría satisfacer a Moncenigo? Es desesperante enseñarle. ¡Su ignorancia es grande! ¡Apenas lee el latín! No encuentra la manera. ¿Cómo explicarle a los de espíritu simple que lo que enseña no está basado en la superstición, sino en la observación de la Divinidad del Universo? Su magia no es prohibida; es la búsqueda de la conexión entre el amor y los humanos, los planetas, las estrellas; entre el Uno y el Infinito. ¡Es claro que su anfitrión jamás podría entenderlo!

Cuando Bruno explicó que la técnica de la memoria se basa en la relación entre la divinidad de las imágenes de las estrellas y las sombras de las ideas, Giovanni lo observó serio; luego, le regaló una sonrisa. Al profundizar en el tema y aclararle que las imágenes de las estrellas son conceptos que se acercan a la realidad, su amigo se levantó y le ofreció disculpas por tener que retirarse, ya que debía asistir a una reunión de negocios.

Fracasó al intentar explicarle la operación de la máquina de la memoria. Su anfitrión nunca pudo imaginar una rueda dividida en treinta secciones marcadas con una letra latina, griega o hebrea, y a su vez, cada una con cinco subdivisiones para las vocales; en total, ciento cincuenta espacios. Le fue imposible pensar en tres ruedas concéntricas, cada una asociada a ciento cincuenta personas, a ciento cincuenta adjetivos y a ciento cincuenta acciones, y cada combinación de estas tres, a una idea celeste, imagen del zodíaco, de los planetas, de la luna. Así resulta fácil encontrar relaciones suficientes para unir lo que se desea recordar, controlar la memoria, acercarse a la Divinidad.

Bruno intenta mantenerse consciente. Se levanta, camina en pequeños círculos, trata de recordar ideas de sus libros; se asoma a la ventana llena de lodo: quiere adivinar si hay gente o no. Se acuesta. Medita sobre lo que debe hacer en adelante. Es imposible. Cuando siente que por fin va a dormir, de golpe se abre la puerta. Se sobresalta a la vez que sonríe; cree que ha llegado la hora de negociar con Giovanni. Pero la presencia de los otros hombres lo hace recapacitar. Moncenigo entra al último. Sin pronunciar palabras, lo atan de las manos. Todos salen. En la calle, se da cuenta de que la noche llega al final; apenas la ilumina una pequeña fracción de luna. Los hombres lo suben a una góndola. Bajo un pesado silencio, sólo perturbado por la agitación que los remos provocan sobre el agua, recorren calles estrechas entre puertas de casas que parecen abandonadas y obligadas a tocar las orillas del mar. No pasa mucho tiempo y llegan a un edificio bien conocido por él, el Palacio Ducal, al lado de la Plaza de San Marcos. Bajan de la góndola, y sin intercambiar palabras, es entregado a los guardias del edificio.

Esta vez, no pasa por los inmensos y lujosos salones que en el pasado llegó a conocer. Suben con rapidez para atravesar los cuartos de los guardias, quienes, armados, lo observan con curiosidad. Recorre estrechos pasadizos. Pronto llega a las mazmorras, grandes huecos de piedra sin ventanas, acotados por enormes rejas forjadas en hierro. Es encerrado en una celda.

Bruno puede estar aquí por muchas razones: la deuda con Moncenigo, las ideas externadas durante sus viajes por Europa, las viejas acusaciones de herejía que penden sobre él desde hace años, la envidia de quienes se ofendieron ante su soberbia mientras defendía ciertas posturas.

Atado a un expediente con infinidad de acusaciones, Bruno deberá enfrentarlas, a pesar de su naturaleza: negar que el pan puede convertirse en carne, declararse enemigo de la misa y de las religiones, no aceptar la dualidad de Dios, predicar la eternidad e infinitud de los mundos, dudar de los milagros de Cristo, rechazar que la Virgen haya parido, haber creado una nueva secta... Una pesadilla se abre ante sus ojos. El mal sueño se inicia y él no despertará hasta mucho después. Empiezan los años oscuros.

III

La noche llega temprano. Roma no duerme. Multitudes enteras, nerviosas e impacientes, toman las calles que las llevarán a donde ocurrirá el gran espectáculo. Una joven pareja, ajena al acontecimiento, coincide en la ruta de la gente. Roderic de Ribeles, joven catalán fornido y de baja estatura, vestido con colores oscuros como acostumbra quien viene de lugares cercanos a Castilla, camina con cuidado para que la muchedumbre no lo atropelle. Un papel tirado en la calle le llama la atención, se agacha, lo recoge; intenta leerlo, no lo entiende. Molesto, se lo da a Cinzia para que lo traduzca; ella lo ojea y, con gesto de desaprobación, le dice en castellano con marcado acento genovés:

—Es el anuncio de la ejecución de un hereje en la madrugada. Será quemado en leña verde.

—¡No debemos perdérnoslo! —responde Roderic en catalán. Con una amplia sonrisa y los ojos muy abiertos, continúa—: ¡Nunca he visto algo parecido! —Cinzia cree haberle entendido; molesta, le regresa el papel. Él insiste, ahora en castellano—: ¡Regresemos después de ver al judío!

Hijo del terrateniente Roderic de Ribeles, el joven necesita llegar a Roma para recuperar algo del dinero que su padre entregó al judío Elías como pago parcial de un préstamo. El padre de Roderic, miembro de las familias nobles de la región, cayó en la miseria después de ocurrir la nefasta combinación del pago de fuertes impuestos al reino de Castilla y los estragos de un mal tiempo que terminó con las cosechas. La tragedia continuó ensañándose; sus progenitores fueron asesinados por ladrones que buscaban un oro que jamás existió. Las autoridades encontraron a los bandidos y los castigaron con la horca, pero el daño fue irreparable. El hijo quedó atrapado en deudas por la única persona que se atrevió a prestarle dinero a su padre: el judío Elías, a quien le permitieron vivir en Roma, más por intereses económicos que por humanidad. La ciudad tolera a algunos discretos (y acaudalados) seguidores de otras creencias religiosas.

Roderic está seguro de negociar con él una prórroga y obtener un nuevo préstamo para recuperarse de la ruina. Navegó de Barcelona a Génova, ciudad prohibida en la ruta para llegar a Roma. Infestada de ratas, aún castigada por la peste negra, la muerte se aloja entre sus oscuras y estrechas calles alineada por altos y apilados edificios.

El joven no cuenta con más recursos para pagar otro trayecto. Sin embargo, el disgusto no duró mucho. En una posada barata, de mala reputación y pésima comida, conoció a Cinzia, hermosa prostituta que se ofreció a hacerle más agradable su viaje. Después de familiarizarse con el extraño acento castellano de Roderic, ella le ayudó a entrar en contacto con las autoridades que le permitirían el paso a Ciudad Santa, pero le hizo prometer que nunca preguntaría por la manera en que lo logró.

Cinzia y Roderic llegan a la casa del prestamista. Entran sin tocar. Bajan por las escaleras que dan a una gran habitación, apenas iluminada por velas encendidas sobre el escritorio del anciano, quien, con la vista a unos cuantos centímetros de una gran cantidad de pliegos de papel, se concentra en revisar los detalles del negocio: lee, confirma y anota; en algunos casos —los menos— tacha. El hombre no se percata de la presencia de la pareja. Roderic lo interrumpe:

—¡Buenas noches! —El prestamista se sobresalta. Al principio cree que son fantasmas. Pronto se da cuenta de que no hay nada que temer.

—¿Quiénes son ustedes? —pregunta el judío con voz baja y rasposa.

Contrariado, Roderic no lo comprende y mira a Cinzia. Ella le explica al anciano que Roderic habla catalán; el judío vuelve a preguntar en italiano, con la mirada dirigida a la joven, quien le contesta:

—Él es Roderic. Viene en representación de su padre, Roderic de Ribeles.

—¡Espérenme, espérenme! —les pide el anciano. Al principio, no reconoce el nombre. Con preocupación, su delgado y encorvado cuerpo se agacha para levantar una pila de papeles. Empieza a buscar. Después de algunos minutos, con la nariz casi pegada a un documento, lee con atención. Con falsa sonrisa, contesta al joven, espera a que Cinzia traduzca:

—¡Qué gusto saber de usted! ¿Qué me cuenta de su padre? ¿Viene a pagarme? —El anciano la ve con morbosidad—. ¿Y la señorita? ¡Me da la impresión de conocerla! —Ella no interpreta estas últimas palabras.

—Sólo lo acompaño, pero eso no importa —contesta Cinzia y momentos después traduce lo que responde Roderic—: viene a decirle que su padre ha muerto.

—¡Oh!, ¡qué pena! ¿Enfermó? —pregunta el prestamista con voz estudiada para ofrecer condolencias.

—No, fue asesinado por unos bandidos. También su madre —contesta Cinzia después de escuchar a Roderic.

—¡No sabe cómo lo siento! ¡Debe de haber sido muy duro para usted! —El prestamista se levanta de inmediato y se acerca a Roderic; le da unas ligeras palmadas en los hombros. Cinzia traduce. El anciano vuelve a sentarse detrás del escritorio.

—Gracias. Así es —Roderic calla. Por momentos, el joven intenta contener las lágrimas; se sobrepone. Espera a que Elías entienda el motivo de su viaje, pero el prestamista no deja de hablar de negocios.

—Mire, en estos casos, la deuda cae sobre su persona —Roderic ve a Cinzia y escucha su traducción. Responde:
—Sí, estoy consciente de ello. Por eso he venido.
—Entiendo. Dígame —contesta con atención el anciano.
—Deseo una prórroga y un nuevo préstamo. Podría ser parte de lo que mi padre le entregó en el último pago. Usted no es mi único acreedor, pero sí la posibilidad de recuperar mis tierras.
—Entiendo, entiendo. Déjeme revisar —El anciano se muestra desencantado. Después de esperar a que Cinzia traduzca, acerca los cansados ojos a los papeles ya apartados. Los verifica línea por línea; señala con el índice, anota, habla en voz baja; con la cabeza, parece afirmar algo y luego negarlo; termina. Le dirige de nuevo la palabra a la pareja, esta vez con seriedad.
—Mi estimado joven, me temo que no puedo ofrecerle nada, ni un nuevo préstamo, ni una prórroga. Si usted no tiene el dinero, me veré obligado a enviar una comitiva para que recupere en bienes lo que asciende la deuda —Cinzia titubea al traducir. Roderic se ve preocupado. Ella explica en pocas palabras; Roderic se tambalea.
—¡Pero usted no puede...! —Roderic se queda sin palabras. Cinzia traduce:
—Yo no puedo, pero para esto hay representantes del gobierno; debemos proceder —habla el anciano sin prestar atención.
—¡Es injusto! ¡Usted no va a quedarse con mis propiedades!
El anciano no espera la traducción de Cinzia. Adivina lo que él dijo. Prosigue:
—¡Tómelo con calma! Usted no es ni el primero ni será el último al que le ocurra algo así.
—¡Mire! O acepta mi propuesta o...
El prestamista, al oír la amenaza, lo reta con la mirada. Desesperado y ante la sorpresa de Cinzia, el joven se abalanza sobre el escritorio para tomar al anciano por el cuello, quien, asustado,

intenta zafarse. Roderic, con toda la ventaja que le da su juventud y fuerza corporal, domina durante el forcejeo; lo jala hacia abajo, la cabeza pega en contra del escritorio, se escucha el golpe seco de la frente en contra de la madera al mismo tiempo que su garganta cruje como si algo se rompiera. El hombre, con ligeras convulsiones en los hombros, queda sobre el mueble. La gruesa aguja metálica de un largo portapapeles sale de la nuca.

Con miedo, al ver el chorro de sangre que se expande sobre los documentos del escritorio, Roderic se echa hacia atrás, tropieza; sin darse cuenta, cae sobre una pequeña talega que se abre y deja ver su contenido. Distraído por tanta sangre, sin apartar la mirada del cadáver, se levanta mientras Cinzia se acerca al morral. Ella se lleva una gran sorpresa al darse cuenta de que está lleno de monedas de oro. Al principio no sabe qué hacer, pero reacciona de inmediato. Jala a Roderic del brazo, le señala la bolsa y grita en italiano:

—¡Toma las monedas, vámonos!

Roderic recoge como autómata el pequeño morral y se deja llevar de la mano de Cinzia. Corren, suben las escaleras. En ese momento, un joven entra; se hace a un lado para dejarlos pasar. Le es natural la prisa de la pareja debido al interés general por presenciar la ejecución del hereje. Cinzia y Roderic huyen. El joven, dentro de la casa, le avisa a su patrón que ya está ahí. Ante la falta de respuesta, entra a la habitación: el viejo yace agachado sobre el escritorio. Se acerca, lo toca, lo levanta de la cabeza. Entre la penumbra que domina la habitación, descubre la sangre escurrida sobre el mueble, la aguja encajada en el cuello, el rostro inerte. Con miedo y coraje, el joven sale pronto; busca sin éxito a un guardia, pide a gritos que lo ayuden a encontrar a los asesinos, pero sólo se topa con la indiferencia de la gente, que camina rápido en una sola dirección. Nadie quiere perderse el espectáculo de la madrugada. Sólo les interesa llegar a tiempo para encontrar un buen lugar en la Plaza del Campo de las Flores.

PARTE II

**Nada se engendra
ni nada se corrompe.**

De la causa

IV

Atrás quedaron el puente del Tíber, las noches en la mazmorra, los gritos dolorosos de otros sentenciados de imaginarios rostros que sólo escuchó y no conoció. Bruno continúa su camino obligado por los guardias de la procesión que avanza por una estrecha calle y dificulta que la gente se coloque alrededor para seguirla. Muchos prefieren correr hacia la plaza del Campo de la Flores para esperarlo; pocos permanecen delante o atrás del grupo, o entre los huecos de las puertas a los lados. No ocurre lo mismo con los hombres y mujeres, que, desde arriba, apostados en los balcones, después de persignarse al ver al hereje, le arrojan velas encendidas, cruces de madera, ramas espinosas; todo con tan mala puntería, que la mayor parte de estos objetos cae sobre los guardias y los monjes que custodian al acusado.

Bruno sufre por la lengua herida. Resiente las punzadas sobre el cuerpo; a veces, necesita toser por los espesos fluidos que invaden los pulmones e intentan asfixiarlo. Abre la boca; el clavo que sujeta la mordaza se asoma; sangre y saliva escurren de todos los orificios del rostro. Para aliviar esta angustiante tortura, levanta los sangrados ojos lo más que puede, sin importar que los quemen las cenizas de las antorchas que flotan en el aire, y sin soportar más, para placer del público, gime y bufa con tal fuerza que se escucha a varias calles.

Entre gritos que golpean sus oídos y lo acusan de hereje maldito, la muchedumbre se regocija al comprobar que el pensador, célebre por su arrogante inteligencia para argumentar, conocido por todos como el Furioso, no es ahora más que un hombre débil y humillado.

La procesión se detiene en la entrada de una vieja iglesia. El tambor deja de tocar. Los monjes dirigen sus rezos hacia el pequeño edificio. Bruno se exalta. Espejismos misteriosos invaden su mente. Inexistentes señales, que cree provenientes del cielo, le dan alientos de vida. Ve el pequeño templo transformado en la Gran Catedral con el pórtico cubierto de piedras y yeso. Se reconforta al escuchar la interminable oración de los monjes: letanía apenas perceptible que lo hace sentirse liberado de los ocho años que vivió entre paredes de piedra y puertas de hierro. Con esperanza considera que la suerte no lo ha abandonado: erguido, con oraciones y sus manos dirigidas al cielo para iniciar el gran evento, reconoce la espalda del Santo Padre. Se alegra por ello. No importa haber perdido la lengua. Para comunicarse con él, podría escribir, dibujar, darse a entender a señas. Sólo es cuestión de recordar sus discursos, los que tenía preparados para este gran momento. Después de tantos meses, podrá convencer de sus buenas intenciones al Sumo Sacerdote. Bruno está atento. Lo observa tomar un martillo, subirlo y bajarlo para comprobar lo que pesa; fingir que lo usa, moverlo al aire. Por fin, lo levanta y golpea sobre el yeso tres veces mientras grita:

—¡Abre las puertas de la justicia y confesaré al Señor!

Caen de inmediato las piedras que tapan la puerta de la Iglesia. El rezo de los monjes se escucha con mayor intensidad a pesar del estrépito ocasionado por el derrumbe. Un denso polvo blancuzco se levanta del suelo. Para Bruno, es claro que la hora de su muerte aún no ha llegado. Regresa la fuerza interna que siempre ha inflamado su pecho; se siente con el poder de resucitar, si fuera necesario. Es año de jubileo, de indulgencias, del perdón de los pecados. Es la oportunidad para regresar a una vida normal, digna, dedicada a aprender, a estudiar filosofía.

Apoyado en su báculo que termina en una gran cruz, el sacerdote se arrodilla con dificultad, temeroso de que las piernas fallen. Hincado, sin perder su altivez, agacha la cabeza y empieza a orar.

Algunos monjes se acercan y echan agua bendita a la puerta. Al escurrirse, el líquido toma caprichosos caminos sobre la rugosa superficie de madera; engendra un sinfín de figuras de cruces, santos y vírgenes sin rostro.

Todo se detiene. Voces desconocidas cantan con tristeza el Te Deum. El Santo Padre no se mueve; ante la piedra derruida, espera a que le permitan entrar a la Iglesia. La puerta se abre con lentitud. La Gran Catedral muestra todo su esplendor. Bruno, en éxtasis. El Sumo Sacerdote se incorpora, levanta la cruz y bendice la entrada. Bruno se mantiene firme, espera con respeto. Lo ve dar un paso adelante; piensa que pronto se comunicará con él. El Santo Padre se detiene. Lentamente se da la vuelta. Con un vuelco en el corazón, Bruno intenta reconocer su rostro entre la penumbra. Una lengua de luz alumbra su cara. Con terror, Bruno se paraliza. El sacerdote le dirige la mirada con las cuencas de los ojos vacías y un rostro opaco y frío, descarnado. El esqueleto vestido con ropa religiosa bendice a Bruno y luego se vuelve; hace lo mismo con la puerta de la Iglesia; luego, camina con paso lento hacia el interior. Poco a poco el cuerpo se desvanece, al igual que la Gran Catedral y los cantos religiosos. Regresan las oraciones débiles, obsesivas de los monjes que custodian a Bruno en la procesión. Aparece de nuevo la fachada del templo.

Bruno, aterrado, vuelve a estar consciente de la tortura que lo somete; a sentir las punzadas que, desde la lengua, le taladran cada parte del cuerpo. Se queja del dolor. Está a punto de desmayarse. Los guardias lo toman del brazo, lo empujan para continuar el camino. La procesión reinicia la marcha acompañada con penosas letanías, cadenas que se arrastran, golpes de tambor como dolorosos lamentos. Sólo la muchedumbre se mantiene a distancia gracias a lo estrecho de la calle.

Llegan al fin del trayecto. La plaza del Campo de las Flores se muestra oscura. Los edificios se abren frente a una enorme multitud ansiosa por la llegada del acusado. Son nuevas voces de odio y burla bajo la iluminación de unas cuantas antorchas. A veces, algunos forcejean con los guardias. Intentan acercarse para escupir y maldecir a Bruno, quien, sin fuerza, es arrastrado por los escoltas.

El hereje toma aire, vuelve su mirada al cielo, observa el brillo de las estrellas; la breve luna que las acompaña. Dirige los ojos al centro de la plaza. A lo lejos, un montículo de madera; sabe que ese lugar es para él. En este momento, los guardias lo empujan de nuevo, pero algo se dificulta: las cadenas que atan las manos y pies, que arrastra desde hace tiempo, se hacen, cada vez, más y más pesadas.

V

El orificio en el extremo de la celda permite que una tenue luz blanquecina se expanda por las paredes del interior. Un manto de gélida temperatura nace de ahí; se adhiere, con aspereza, a un viejo banco de madera, al jarro de agua helada, a la agonizante flama de una vela, a la piel del prisionero.

Bruno descansa sentado, ajeno al paso de las horas. Aferrado a una cobija que no llega a cubrirle el cuerpo, entre escalofríos y una agitada respiración que no puede controlar, intenta distraerse con los últimos chisporroteos de la candela que interrumpen el pesado silencio que desde hace horas lo agobia. Ve la luminosidad que logra entrar mientras atiende los ruidos de fuera, quizá originados por los pasos de animales que merodean por esos sitios.

Se levanta, aspira con profundidad, espera unos segundos; siente un poco de alivio de los dolores que invaden su cuerpo. De nuevo, ve hacia la ventana. Intenta recuperar sus pensamientos. Sonríe. Le reconforta estar seguro de que, fuera de la celda, el Universo no cambia y conserva su grandeza; de que pase lo que pase, ese infinito cargará siempre consigo, en la vasta noche, la esfera celeste, la luna, las estrellas, los planetas.

Un poco de saliva le juega una mala broma: tose con fuerza; la garganta se desgarra; los ojos se llenan de lágrimas, lo torturan con un profundo ardor que llega al interior del cerebro. Vuelven, con más fuerza, los dolores del cuerpo. Trata de calmarlos. Respira con profundidad. Observa el punto rojizo y silencioso del pabilo de la vela, que aún sobrevive. Medita sobre sus dolencias, sobre el momento en que los humores que le dan la vida perdieron el equilibrio natural. Se pregunta si resiente el resultado de una tortura, pero no recuerda haber sido castigado de esa manera. Si hubiera sido así, lo tendría bien grabado en la mente. No habría podido olvidar el ser sumergido en agua, ni haber sido colgado de cabeza hasta amoratarse, ni caminar sobre brasas de fuego, ni ser jalado de pies y manos con fuertes cadenas.

Con intensos dolores, da unos pasos; se detiene; cree oír algo a lo lejos; por segundos deja de respirar. Una vez más, escucha los gritos desesperados y lamentos desgarradores de hombres y mujeres desconocidos. Nervioso, no quiere prestarles atención. Pone oídos sordos, reinicia la caminata; piensa en los años que ha estado encerrado en espacios tan pequeños; en cómo su cuerpo se ha adaptado a tales dimensiones, dedicado a dar sólo unos cuantos pasos y descansar.

Otra vez los dolores. Se sienta con cuidado. Se quita la cobija, aprieta la boca para ayudarse a soportar el frío. Le queda tan poco tiempo, pero vuelve a las preguntas de siempre: ¿por qué está ahí?, ¿son tantos los enemigos?, ¿es la soberbia la culpable? No lo entiende. Creyó que podría ser perdonado; que después de pasado un tiempo y de viajar por Europa, se olvidarían de los errores que cometió cuando era joven, se interesarían por sus nuevas propuestas para reconstruir la religión y él lograría poner en marcha su plan de acabar con los vicios de la Iglesia.

Pero ahora sólo desea la oscuridad total. Cierra los ojos. El vuelo de los insectos retumba en sus oídos; algunos chocan en la cara. Se siente mareado. Un torbellino de ideas invade su mente. Trata de controlarse, piensa en algo que lo distraiga, que controle sus ideas. Le parece buena idea comprobar la fidelidad de la memoria; tal vez si repitiera algo de sus escritos. Decide hablar, con cuidado, para que el celador, fuera de la prisión, no lo escuche. Repite con voz baja y ronca:

—Los motores externos no existen. Todo se desplaza bajo la inteligencia de las almas. El infinito es real: existe en el divino acto de pensar, en la sustancia de las cosas. Dios es humano; Dios es el Todo.

Sonríe. Los dedos le arden; no le importa. Hace algunas horas, le amputaron las yemas del pulgar y el índice como símbolo de habérsele despojado de los hábitos sacerdotales. A pesar de las molestias, decide usarlos para un razonamiento. Estira el brazo. Observa los dos dedos con el resplandor de la tenue luz de luna que llena la celda; no puede controlarlos, no dejan de temblar; cierra el puño, lo abre. Sigue con el ejercicio a pesar de la necia inestabilidad de la mano:

—Son dos los dedos ligados a lo sagrado: el par y el impar, el macho y la hembra, el amor superior y el vulgar, el conocimiento y la verdad. Es el número más importante de la existencia, ya que los principios fundamentales de las cosas son dos: la materia y la forma.

Termina el juego. La realidad es otra. Él sólo es un prisionero que morirá dentro de algunas horas. Se lamenta de no poder apreciar, por última vez, ni el cielo, ni las constelaciones con sus estrellas, ni la luna que purifica, con su luz, el aire del campo. ¡Cuánto daría por contemplar, en ese momento, con toda su grandeza, el movimiento de la infinita bóveda que cubre la Tierra! No le queda sino soñar.

Cierra los ojos. Imagina largos recorridos de luz y belleza, de hermosos valles y ricos bosques; el amor de musas rubias y delicadas, de blancas mejillas y pechos esmaltados; el firmamento lleno de estrellas que giran, chocan entre sí, mueren y vuelven a nacer; la Vía Láctea y sus caminos en ruinas, construidos hace mucho por las cenizas de un viejo gusano calcinado. Sobre todo, ser el director de la revolución victoriosa contra los vicios que se han adueñado de la Iglesia durante los últimos siglos; expulsar de las constelaciones a la tiranía, la ignorancia, el ocio, la traición, la ambición, la presunción, la opresión... Limpiarlo todo.

Las ideas de Bruno se mueven cada vez con mayor velocidad. La mente le da vueltas hasta que el universo imaginado en este momento sale de control. Las constelaciones toman trayectorias caóticas. La Osa Mayor, con su grande e incomprensible cola, golpea a las otras. El pesado cuerpo de la Ballena, herida de muerte, da vueltas de dolor y arrasa con lo que está a su lado. El insistente vigilante de la Osa, el Boyero, pierde sus miembros, los recupera, agrede a quien se le pone enfrente. Entonces, una monstruosa serpiente se levanta amenazante, infunde terror; olfatea, saca y mete su delgada y temblorosa lengua, emite fuertes siseos desde su amplia boca. De repente, deja de moverse, abre el hocico, muestra sus enormes colmillos, emite un silbido agudo y chillón. Se ha topado con Orión. Lo observa con odio. Bruno le grita con valor:

—¡Lárgate, sirvienta de magos y brujos! —de inmediato, Bruno contiene sus palabras; recuerda al celador, quien podría entrar y reprenderlo con violencia.

La serpiente vuelve la mirada hacia el filósofo, lo amenaza, pero no ataca, sino se arrastra con rapidez entre los huecos del cielo y desaparece en uno de sus recónditos escondites. Bruno no deja de sentirse molesto. Ve de nuevo a Orión. Detesta su presencia. En voz baja, reprocha a la constelación:

—Tú, que te haces pasar por mago, eres falso. Gustas de engañar a la gente cuando caminas sobre el mar sin hundirte ni mojarte los pies. Haces creer, con tus discursos, que la inteligencia es ciega, que lo excelente y lo bueno es malo, que la Naturaleza es una prostituta. Diviertes al mundo, haces bailar a los cojos, das la vista a los topos; lo convences de amar la Ignorancia. ¡Prefiero que desaparezcas! ¡Piérdete, como lo acaba de hacer la serpiente!

Bruno deja de darle atención a Orión y, emocionado, identifica la eclíptica en el cielo:

—¡Trescientas cincuenta y seis estrellas! ¡He ahí la ruta del Sol, la Luna y los planetas! El primero es el Carnero, iniciador de hermosas flores en el año; luego, el Toro, listo para trabajar con esfuerzo; sigue el Cangrejo, enrojecido por el calor del Sol y condenado a las llamas del infierno; nunca falta el León, que no ceja de perseguir a las presas; ni la Virgen, que habita conventos destruidos por las pestes, o la Libra, dedicada a dar justicia —en este momento calla, ve al piso, es presa de otros pensamientos que interrumpen los anteriores:

—No se puede hacer nada sin utilizar la magia que da la inteligencia para reconocer la Divinidad inmersa en la Naturaleza.

Sin recordar el lugar donde se encuentra, Bruno habla con voz cada vez más alta:

—Dios se comunica por medio de la Naturaleza; está en todas las cosas. Desciende de los cielos, se hace presente a través de la vida que resplandece en el Mundo. Llega a celebrar la Divinidad en el Hombre. ¡El Universo está en cada hombre!, ¡se comunica con él cuando nace y permanece, cuando muere! Dios muestra, a través de la verdad, su bondad y sabiduría infinitas. La Divinidad ofrece a los seres humanos las mejores leyes, pero es necesario usar la razón y la verdad. ¡Pronto llegará la nueva religión fundida con la antigua, la egipcia!

Bruno, emocionado, hace una pausa. Se acerca a la pequeña ventana, se agacha, se asoma para intentar ver algo más que el breve espacio que la abertura le permite. Desilusionado, se incorpora. Continúa con sus ideas:

—Sí, en los viejos tiempos, cuando se perdió el conocimiento, muchos creyeron que los cocodrilos, los gallos y las cebollas eran divinos, pero en realidad, es la Divinidad la que está en los cocodrilos, los gallos y las cebollas.

Suelta una carcajada ante este razonamiento. Tose, calla por un momento. Incapaz de observar más detalles de lo que la oscuridad le permite, cierra los ojos, toma aire, habla despacio:

—Estas son las profecías: algún día se perderá el Conocimiento. La Divinidad regresará al cielo, dejará desiertos donde había pueblos. Llegarán invasiones hechas por bárbaros. Las tinieblas cubrirán la luz. La gente no volverá a necesitar ver el Cielo. El religioso se convertirá en ciego. ¡Se matará a los seguidores de la religión de la mente! ¡La Muerte será más útil que la Vida! ¡Los ángeles malos harán fraudes y guerras! ¡Todo esto ocurrirá hasta que diluvios de agua y fuego limpien la Tierra! —se detiene un momento y con lentitud continúa—: ¡y luego, vendrán enfermedades y pestes!

La respiración se agita. Bruno levanta las manos empuñadas sin hacer caso del ardor de sus dedos mutilados. Grita:

—¡Sí!, ¡los cristianos destruyeron la vieja religión!, ¡la prohibieron!, ¡la sustituyeron por cosas muertas, ritos tontos, mala moral, guerras constantes! ¡Dios está en todas las cosas! ¡La verdadera religión regresará de Egipto, y entonces, se disipará la oscuridad! ¡Que retornen las antiguas creencias! ¡Que terminen las matanzas y se haga la justicia! ¡Que sea expulsada la Bestia Triunfante!

—¡Cállate, insolente! —grita el guardia, al otro lado de la puerta de la prisión después de golpear varias veces la verja de metal.

Bruno vuelve al silencio. Su respiración es agitada. Adolorido, agotado, se deja caer sobre la dura cama. Se recuesta, cierra los ojos. Finge dormir.

VI

En medio de gritos en idiomas diferentes, hombres y mujeres se atropellan, pelean, corren de un lado a otro, apartan los lugares que, después de revisarlos a fondo, consideran ser los mejores para no perder detalle del evento. Ante este caos, el frío no tiene suficientes fuerzas para adueñarse de la plaza.

Cerca del centro, donde se prepara el cadalso, dos frailes dominicos intentan mantenerse firmes ante los empujones de la gente. El más alto, de pómulos salientes y mejillas que parecen agujeros en el rostro, toca el hombro de su colega al escuchar, cada vez más fuerte, el tambor que dirige la procesión.

—¡Ya están cerca! —le dice emocionado.

La pareja de amigos conoce algo de la vida del acusado. Como ellos, el hereje también se ordenó sacerdote en Nápoles. Allí fue famoso por la soberbia intelectual de la que siempre hizo gala, catalogado como hombre provocador y enigmático, practicante de magia negra, quien hacía mal uso de las técnicas de la memoria.

El hombre alto abre los ojos y sume las mejillas; ve con expectación al otro lado de la plaza; espera que pronto aparezca el acusado. Su amigo, bajo y gordo, con sonrisa irónica, comenta en susurros:

—Acabo de leer uno de sus libros, el de la Expulsión.

—¡Calla! ¡Que no te oigan! ¡Es un libro prohibido! —le advierte el hombre alto con discreción, casi al oído, extrañado por tal confidencia.

El hombre bajo reacciona de inmediato. Le da la razón a su compañero. Reconoce que es peligroso lo que acaba de decir; alguien podría escucharlo. El lugar está lleno de espías en busca de herejes. Cualquiera podría serlo. Todos desconfían de todos. Se les podría acusar de tener tratos con el Demonio y terminar presos en ese mismo momento. Hablan en castellano para disminuir la posibilidad de ser entendidos:

—Debo confesar que no encontré nada que pudiera atentar contra nuestras conciencias —afirma el hombre bajo, casi sin mover los labios.

—La seducción es herramienta del Diablo, y el Furioso es un verdadero maestro para utilizarla. Este hombre, gran hipócrita, se hizo pasar por calvinista en Ginebra y por ateo en Inglaterra, y además, sostiene grandes blasfemias, como la de afirmar que la Tierra se mueve alrededor del Sol; niega la existencia de la Trinidad; asegura que Cristo era un mago —Se encorva un poco para estar a la altura del oído de su compañero.

—Pero ¿no cree que todo pudiera ser una confusión? Recuerde lo sucedido a fray Luis, de Valladolid —contesta el hombre bajo, con tono suave de voz para evitar cualquier confrontación con su compañero.

—Sí, pero es diferente. Fray Luis fue denunciado ante las autoridades; luego, se descubrió que esto fue provocado por el rencor que le tenían los profesores de la Universidad. Por eso lo dejaron libre.

—¡Tenía escritos heréticos!

—No exactamente. Llegó a criticar la Vulgata, pero demostró que la Biblia merecía una mejor traducción; eso fue todo. ¡Era un verdadero poeta! Sufrió de viejo, lo humillaron y murió enfermo. Todo lo contrario sucedió con el obispo de Toledo: ¡era seguidor de Lutero! ¡Estuvo encerrado cerca de la celda del Nolano!

—No creo recordarlo —contesta el hombre bajo, apenado.

—La verdad es que nadie sabe qué ocurrió con él —continúa el hombre alto, orgulloso de sus conocimientos—; desapareció. Pero de quien sí puedo darte razón es de Miguel Serveto. A él se le temía.

Ni el hereje Calvino lo soportó; ordenó que lo quemaran; negó la Trinidad y acusó a la Iglesia de ser una institución depravada, impía Babilonia, sierva de Satanás.

—Dios, ¡cuánto error! —dice el hombre bajo, absorto en el discurso de su compañero.

—Así como el Furioso decidió volver a Venecia, Serveto regresó a Zúrich sin importarle los riesgos, y ahí lo detuvieron. Calvino decidió que lo quemaran vivo, en leña verde, atado a un poste, sujetado con una cadena de hierro y con la copia de uno de sus libros colgado al hombro. El maldito tardó en morir.

—Todo eso me confirma que tengo razón al no encontrar nada malo en Bruno —Se siente con más confianza el hombre bajo.

—¡No! ¡Basta con la defensa que hace de las herejías de Copérnico! —El hombre alto, al darse cuenta de que habla fuerte, baja la voz de inmediato—. Sólo con esto contradice la magnificencia de Dios.

Entre los gritos, insultos y risas de la muchedumbre, los dos jóvenes agustinos son empujados con más fuerza de un lugar a otro. La impaciencia en el rostro de la gente se transforma en expectación al escuchar, cada vez más cerca, suaves letanías de los monjes, pies y cadenas que se arrastran; el eco de percusiones que, a cada golpe solitario, seco, duro, llena por segundos el vacío que se cierne sobre el Campo de las Flores. Nadie se preocupa por el frío; pareciera ser suficiente el escaso calor de las antorchas sostenidas por los guardias encargados de mantener la seguridad. Nobles, campesinos, sacerdotes, monjes, peregrinos; todos llegados de diversas tierras, se mezclan con la gente invisible, que vive olvidada en las orillas de la ciudad: carniceros, taberneros, mendigos, ladrones y atrevidas prostitutas quienes, con velo en el rostro, juegan a ser damas de honor en un lugar donde, al menos ese día, todo está permitido.

Roma es el centro de Europa por la celebración del jubileo que decretó el papa Clemente VIII. El mundo cristiano habla bien de él; de su capacidad de organización, del buen trato ofrecido a los visitantes, del excelente alojamiento que muchas familias ofrecen a bajo precio, del orden y la paz social que ha sabido mantener en la ciudad.

La preocupación llevó al papa a realizar un acto ejemplar: ordenar a sus huestes militares a castigar, con toda la fuerza posible, a los asaltantes de caminos. Como resultado de haberse acatado la instrucción de inmediato, las rutas a Roma se hicieron fáciles de encontrar gracias a los cuerpos de los ladrones capturados y colgados bajo los árboles, para que sirvieran de escarmiento a todo aquel que quisiera aprovecharse de la llegada de los peregrinos.

El desorden en la plaza es total. Ser testigo de la ejecución de un hombre es una experiencia fuerte y todos quieren la primera fila. Entre el caos provocado por la muchedumbre, una pareja escapa. Roderic, bajo y musculoso, jala de la mano a Cinzia; se detiene, avanza, se mete a los conglomerados; cruza la plaza de sur a norte. Se vuelve para confirmar si ha perdido a su perseguidor. En un principio cree haberlo logrado, pero unos segundos después, lo descubre al otro extremo de la plaza. Los sigue. Sofocado por el cansancio, Roderic y Cinzia intentan escabullirse de nuevo. Él está nervioso, se desorienta, no sabe qué hacer. Cinzia, por un momento, toma el control; decide dirigirse a la esquina por donde llegará la procesión.

—¡El hereje, el hereje! —grita el público.

La gente reacciona, se empuja, se amontona al norte de la plaza. De la estrecha calle se asoman luces de antorchas; el tambor se oye con toda su fuerza. Los guardias desean evitar que la muchedumbre se acerque demasiado. Por momentos, parece todo fuera de control. Llegan refuerzos para mantener el orden; logran abrir un camino para permitir que la recién llegada procesión dirija al acusado, sin problemas, a la pira.

Cinzia y Roderic quedan atrapados entre nudos de gente, a un lado de donde se encuentra Bruno. No pueden moverse más. El ayudante del prestamista se escurre entre las personas como si fuera un anfibio cuya humedad le permite burlar un sinfín de obstáculos. Roderic lo reconoce. El forcejeo contra la muchedumbre agota a la pareja; vencidos por el cansancio, se sienten atrapados. Renuncian a seguir huyendo. Se dejan llevar por la indiferencia del público interesado sólo en presenciar la ejecución.

El tambor resuena. Giordano Bruno se acerca a la pira. Exclamaciones, rezos, burlas, todo al mismo tiempo por doquier. El público espera, impaciente, el inicio del espectáculo.

PARTE III

**Los astros son ángeles que revelan
la gloria y el poder de Dios.**

La cena de las cenizas

VII

Bruno no hace ruido, finge dormir; espera a que el guardia, al otro lado del portón, se retire. Después de un rato, cuando los pasos, carraspeos y escupitajos del celador dejan de escucharse, se sienta; debilitado físicamente, lo hace con dificultad. El frío taladra su cuerpo. Ante lo inútil de tratar de cubrirse por completo con la misma cobija, permanece inmóvil, rígido. Cierra con fuerza la boca con la esperanza de generarse, así, más calor. Pese al ardor de los ojos, se ha acostumbrado a la oscuridad levemente disminuida por la presencia de un poco de luz de luna que penetra por el pequeño orificio que, a manera de ventana, se encuentra en un extremo de la celda.

Con dificultad, reconoce, sobre un pequeño banco de madera al frente, los blancuzcos restos de una bujía que dejó de arder hace unos minutos. Quedó el fuerte olor a cera quemada. La prefiere así, sin soportar las imágenes temblorosas que proyectaba sobre los muros cuando estaba encendida.

Cree haber localizado la jarra de agua. La toca para confirmarlo; toma un poco del frío líquido; tose con fuerza al sentir el desgarramiento que produce en la garganta. Por momentos, su cuerpo sufre de temblores. Son tan intensos que lo hacen escuchar, por el espacio vacío de la celda, el descontrolado rechinido de los dientes.

Sin la menor idea de las horas y minutos que le quedan, cierra los ojos, pero algo le causa extrañeza; intrigado, los abre; confirma estar en medio de la oscuridad. Vuelve a cerrarlos. Sombras y luces aparecen; siluetas de cuerpos humanos bailotean con breves ondulaciones, giran, se desplazan de un lugar a otro; se alternan movimientos lentos y rápidos, diversos tonos de gris; siguen la ejecución de una música incomprensible, proveniente de las profundidades desconocidas del cerebro.

Mareado, abre los ojos. Las imágenes desaparecen en la frágil oscuridad de la prisión. Incluso muy cansado, prefiere permanecer despierto; teme convertirse en fácil presa de los malos sueños; tal vez se distraiga con el recuerdo de alguno de sus escritos. Habla en voz baja, ronca, débil.

—La primera de treinta intenciones, la relacionada con la A: "es suficiente sentarse bajo la sombra de la verdad". La segunda, la B...

Bruno, avergonzado, reconoce que no la recuerda. Se molesta. Después de todo, él es el autor de estas ideas. Aspira profundamente, se esfuerza en levantarse con cuidado. Para no tropezarse, da pequeños pasos, mantiene la concentración, lo intenta de nuevo; por fin, murmura:

—La segunda intención, ¡la segunda!: "todo lo que no recibe la totalidad de la luz se dice estar en sombra". ¡No, no! ¡Esta es la tercera! ¡Quiero la segunda!

Se detiene. Vuelve la cabeza hacia arriba. Ve cómo el techo curvo, ante la escasa luz, parece un espacio sin límites, perfecto para albergar una bóveda llena de constelaciones que giran impasibles de un extremo a otro y lleva consigo estrellas cargadas de símbolos. Agacha la mirada, se concentra; vuelve a balbucear:

—La segunda, ¡no la recuerdo! ¡Tanto me ha afectado esta mazmorra! —Cierra los ojos con fuerza—. La segunda intención, la segunda —Una sonrisa de triunfo se asoma a los labios—. "¡La sombra no es la luz total; es sólo la huella de pisadas luminosas!".

Animado por este breve éxito, continúa:

—¡La cuarta, la cuarta! —Se sienta de nuevo.

Después de un momento de silencio, se sobresalta ante la sensación de una extraña presencia en su interior. Desde un lugar desconocido de las profundidades de su mente, escucha la voz baja y ronca: *Jamás pusiste límites para encontrar la verdad en la sabiduría de los libros antiguos ni en las divinas imágenes presentes en el interior de las estrellas. ¡Qué gran milagro es el Hombre!*

—¡Es cierto! —grita Bruno.

Al otro lado de la puerta de hierro, el celador le ordena que se calle. El preso no se había percatado de su regreso. Obedece. Evita hacer ruido. La extraña voz continúa en su mente con tono seductor: *Acércate a la realidad, usa las imágenes mágicas de las estrellas, conoce el mundo celestial; es lo más cercano a la realidad; reconoce sus influencias estelares, manipúlalas y así decide tu actuación en el mundo inferior.*

—¡La máquina de la memoria artificial! ¿Enrique Cornelio Agrippa, Pico della Mirandola, Raimundo Lull? —Bruno se olvida del guardia; en esa voz interna, cree haber reconocido a uno de sus maestros: *¡Las imágenes de las estrellas son las sombras de las ideas! ¡Las ideas son las formas principales de las cosas! ¡Así las podemos recordar! ¡Nosotros formamos las sombras de las ideas, más cercanas a la realidad que las sombras del mundo inferior!*

Bruno conversa con su voz interna.

—Regular el pensamiento de acuerdo con nuestro entendimiento, imaginación, deseos; crear imágenes que representan ideas, eventos, hechos o palabras; colocarlas ordenadas en el palacio de nuestra memoria.

Hay reglas para los lugares, para las imágenes. Las imágenes codifican letras o sílabas. Las imágenes múltiples significan palabras, evolucionan a conceptos, permiten adquirir los poderes de la imaginación y el deseo.

—¡Es el Sol que llega y desvanece a las criaturas de la noche! ¡La magia que, con la imaginación, nos acerca a la divinidad del Universo!

Mover cinco ruedas concéntricas. Empezar en el centro, con las imágenes del cielo y sus influencias astrológicas. Colocar los signos del

Teucro de Babilonia, cada uno con tres caras: la primera, para Aries, con un hombre oscuro y ojos quemantes, vestido de blanco; con una mujer; con un hombre que carga una esfera. Al terminar la rueda del interior, continuar con la siguiente hacia afuera.

—Cada rueda debe seccionarse en treinta partes y ser asignada a letras; cada sección dividida en cinco para albergar las vocales. En total ciento cincuenta divisiones asociadas a imágenes celestiales que alberguen las caras y las casas del zodíaco, los planetas, los cambios de la luna. Esto permitirá conocer los movimientos y las influencias mágicas de la mente maestra del Cielo. Se tendrá el poder para guardar lo que uno desee en el palacio de la memoria.

Continúa con la segunda rueda; define vegetales, animales y piedras en cada una de sus ciento cincuenta divisiones. En la tercera podrás asociar objetos. En la cuarta, inventores: del pan, de la agricultura, del yugo para el buey, de la siembra…, y en la quinta, nombres de personas que te sean de gran influencia: Regina, Osiris, Ceres…

—Ciento cincuenta inscripciones agrupadas de treinta en treinta sobre ruedas concéntricas que giran entre sí. ¡Miles de combinaciones! —Un momento de silencio. Emocionado, se toca la cabeza con ambas manos—. ¡Este es el secreto: las imágenes de las estrellas conectan las ideas de la Divinidad con nuestro mundo! ¡Las imágenes de las estrellas son las sombras de las ideas, de la realidad! —Aún con los ojos cerrados, mueve la cabeza, nervioso. Grita:

—¡Hermes, gran Hermes! ¡Profetizaste la llegada de Cristo como Hijo de Dios! ¡Enseñaste que el Sol es la manifestación de la imagen de la Trinidad! Por ti sabemos que la mente, la memoria del hombre es divina. ¡Tienes la magia para tomar la realidad a través de la imaginación!

—¡Que te calles, hereje! —se escucha al otro lado de la puerta la poderosa voz del hombre cuya misión es tenerlo en silencio, mientras golpea con fuerza la verja metálica.

Bruno cierra los ojos. Vencido, se acuesta. Habla con voz casi imperceptible:

—Ciento cincuenta imágenes celestes, ciento cincuenta objetos agrupados en treinta divisiones con particiones de cinco en cinco, en ruedas concéntricas que giran entre sí para dar miles de combinaciones —Las palabras de Bruno empiezan a apagarse—; treinta letras en tres idiomas diferentes con pronunciación notoria, cada una acompañada de cinco vocales. Tres ruedas: la primera, interna, para las acciones; la segunda, en medio, para las cosas; la tercera, externa, para los humanos. O, ¿por qué no?, cinco ruedas concéntricas, cada una con ciento cincuenta divisiones —La voz de Bruno se alterna con breves momentos de silencio—. ¡Cuántas posibilidades de combinar imágenes para recordar nuestras ideas! ¡Qué gran poder! —Bruno calla, permanece con los ojos cerrados, parece dormir.

VIII

Ante la escasa luz de las antorchas, nuevos sonidos invaden la plaza del Campo de las Flores; cantos espectrales; cadenas que parecen arrastradas por muertos que emergen de las tumbas; un único golpe de tambor intermitente, grave, sordo, eco de los temerosos latidos del corazón del hereje que se ha adueñado de la explanada. La multitud espera silenciosa. Busca el cuerpo de Bruno; quiere confirmar que el hereje ha sido castigado. Alguien del público, con voz emocionada, grita:

—¡Al Furioso le pusieron la mordaza!

El silencio se rompe. En repentino estruendo, gritos, aplausos y silbidos se escuchan por todos lados. Los empujones se hacen cada vez más fuertes a medida que la procesión continúa. El preso tose, se siente obligado a detenerse; desesperado, se ahoga con sus propios fluidos. Se desmaya por un momento. Los celadores evitan la caída, lo sujetan con fuerza, lo hacen reaccionar. Debilitado, el hereje mantiene la vista cerrada mientras intenta respirar por la boca. Por fin, abre los ojos y vuelve la mirada hacia arriba; con insistencia, mueve la cabeza de un lado a otro, trata de quitarse la mordaza. Luego de un pequeño silencio, un bufido de dolor se escucha por toda la plaza ante el placer del público atento a cada movimiento. Uno de los frailes que lo han acompañado a lo largo del camino, tímido y rechoncho, se coloca frente a él. Espera a que callen los lastimosos gemidos del acusado. Entonces lo bendice con rapidez. Los guardias pierden la paciencia, hacen a un lado al religioso, toman los brazos del hereje y lo obligan a continuar el trayecto.

Entre el desorden, Cinzia y Roderic se encuentran frente a la procesión; se persignan con temor al ver a los guardias que arrastran al acusado. La joven pareja dirige la mirada al sambenito del Furioso. Con miedo, fijan la atención sobre el rojo estampado de demonios que danzan de cabeza entre llamas semejantes a culebras, sobre la tela manchada por la sustancia viscosa, oscura, que desde el inicio de un largo camino brota de las mejillas del hereje, de su boca y barba reseca que esconde la punta del pinzón que sostiene la mordaza.

La muchedumbre se decepciona; esperaba que el hombre hubiera utilizado los poderes sobrenaturales de la magia para liberarse; quería ser testigo de la ayuda del Demonio por el supuesto pacto contratado. Pero el acusado, el soberbio que se enfrentaba a sus contrincantes en violentas discusiones, camina humillado después de haberse enfrentado al inmenso poder de la Iglesia, obligado a callar para siempre por la mutilación de su lengua. El público no perdona esta desilusión. Con gritos, le recuerda sus culpas:

—¡Por adorar la religión egipcia!

—¡Por creer en Copérnico!

—¡Por comparar a Dios con el Universo!

—¡Por hablar de otros mundos!

—¡Por acusar a nuestro papa de ser la Bestia Triunfante!

Bruno no escucha. El dolor revienta en su cabeza por la lengua hecha pedazos; solo le da fuerza para reconocer, a duras penas, el centro de la plaza donde se realiza los preparativos que lo llevarán a su destino final: una pila de leña que se acomodará en círculo alrededor de un poste de madera. Los guardias continúan con el frágil cuerpo a rastras. El público lo sigue entre empujones.

Respira con dificultad. Débil, deja que los celadores lo lleven. Cierra los ojos, aspira el olor seco y arenoso del incienso que los sacerdotes esparcen en el aire. Piensa que así podrá calmar un poco sus dolores. Por momentos, lo logra. Relaja el cuerpo. Da a la mente un espacio para pensar en otras cosas.

Llegan los vagos recuerdos que la plaza provoca: la diversidad de idiomas que escuchaba en ese sitio; los paseos acostumbrados por la nobleza de la Ciudad, por los comerciantes ricos, por los mercaderes provenientes de otras partes del mundo; la manera en que todos, sin excepción, evitan pasar cerca del área manchada por las cenizas de herejes y brujas quemados ahí, acusados de esclavizarse al placer mundano, de estar al servicio del demonio, de haberse convertido en obedientes instrumentos del Infierno.

El ayudante del prestamista también se encuentra atrapado entre la gente. Desesperado, teme perder a la pareja. Trata de adentrarse más entre la muchedumbre, aprovechar la poca visibilidad provocada por la noche que se niega a terminar. La gente no lo deja. En su desesperación, cree haber encontrado la clave para atrapar a los asesinos de su patrón. Extiende el brazo derecho y con el índice dirigido a la pareja, grita varias veces:

—¡Deténganla, es una bruja!

Los guardias no hacen caso, preocupados de llevar a Bruno al lugar del castigo. Los frailes amigos, al escuchar al ayudante del prestamista, detienen su plática sorprendidos. Se alertan, miran de inmediato a donde escucharon los gritos. Siguen la línea hacia donde él señala. En este momento, alguien le quita a una mujer el manto que le cubre la cara. Un enflaquecido rostro se descubre bajo la inestable luz de las antorchas. Oscuras y escamosas manchas que se pierden bajo la ropa invaden la piel de la cara, endurecen sus grandes ojos, desaparecen los labios, esconden su joven edad. Dicen que fue dueña de una belleza extraordinaria y ahora paga al Diablo los favores recibidos. La gente reacciona al principio con temor. Una turba la rodea. En medio de gritos de odio, la acosan, le pegan con palos.

—¡Una bruja, una bruja! —se escucha en la plaza.

—¡No! —contesta la mujer, con voz débil, aterrorizada, dominada por el dolor de los golpes que recibe.

—¡No! ¡Ella no! ¡Es la rubia de allá! —grita el ayudante del prestamista.

Nadie hace caso. Ella cede, de inmediato, ante la fuerza de quienes la acosan. Los dos frailes, después de recuperarse de la impresión, al ver que los guardias siguen distraídos con el hereje, se arman de valor y se acercan a ella, gritan al mismo tiempo:

—¡Detente, bruja! ¡No escaparás!

—¡No, no! —contesta ella.

Cada vez con menos fuerza, la mujer se duele de los golpes recibidos en el rostro y el abdomen hasta quedar inconsciente. Entre forcejeos, los frailes logran salvarla del linchamiento. La sostienen, evitan que los demás se acerquen para hacerle daño. Un grupo de guardias llega en auxilio. Los sacerdotes la entregan. Los soldados la toman de los brazos y se la llevan a rastras; pronto desaparecen de la plaza. Los dos amigos se observan satisfechos. Entre aplausos del público, sonríen, se abrazan; deciden olvidarse de todo y regresar al espectáculo que está por empezar.

El ayudante del prestamista, ante el fracaso de su acusación contra Cinzia, decide seguir tras ellos. Consciente de que nadie se percató de su presencia, calla e intenta acercarse tan pronto como sea posible. Pequeño y delgado, logra pasar entre la gente. Cinzia y Roderic lo perdieron de vista. El joven se aproxima, llega a unos cuantos pasos de la pareja, la tiene al alcance de sus manos. De reojo, descubre el pequeño morral de oro que Roderic esconde bajo el brazo. Tomándolo por sorpresa, se abalanza sobre él, se afianza a la talega e intenta quitársela. Ambos forcejean. La muchedumbre no se inmuta; cree que es otra de las peleas para ganar mejor lugar. Cinzia quiere ayudar a Roderic, abraza al joven agresor por la espalda, lo jala. Él, desesperado, se aferra al morral con todas sus fuerzas. Descubre entonces el mango de un pequeño puñal sujeto a la cintura de Roderic. Se lo quita. En el esfuerzo, el joven se corta la palma de la mano. No le da importancia a la herida, pero empieza a debilitarse. Toma el cuchillo del mango, sin fuerzas, y trata de encajárselo en el pecho a Roderic. La pareja, con sus cuerpos, evita que la gente se dé cuenta de la debilidad del joven para controlar sus acciones. Roderic somete con facilidad el brazo que sostiene el puñal. A pesar de los intentos del ayudante del prestamista, le da la vuelta y encaja el cuchillo en el abdomen. Poco a poco, un fuerte dolor se asoma en la cara del herido. El odio que mostraba se transforma en sufrimiento, en miedo, al sospechar que pronto se enfrentará a lo desconocido, al sentir, de improviso, la llegada de la muerte; abre al máximo los ojos, respira hondo. Roderic, sin estar seguro de lo que debe hacer, abraza el cuerpo del joven, lo cubre con su capa, trata de mantenerlo de pie. El ayudante del prestamista intenta gritar, pedir auxilio, pero las fuerzas se han ido. Un hilillo de sangre chorrea de la boca. Roderic lo carga y lo lleva a la orilla de la plaza. Lo deja sentado. El ayudante, reclinado sobre las piernas, no quiere moverse; siente que se vacían sus entrañas. Permanece con los ojos abiertos, paralizado por el miedo, por un terror que jamás había conocido en su corta vida.

IX

Bruno se despierta por la baja temperatura de la madrugada. Presa de fuertes escalofríos, se sienta. Duda si el golpeteo de sus dientes es ocasionado por el frío de la noche o por el temor al poco tiempo que falta para enfrentar su destino. Sólo atina a abrazarse, a permanecer agachado, a apretar la boca, aun cuando esté demasiado débil. La luz blanquecina de la luna, que no deja de colarse por la pequeña ventana, ilumina el interior de la celda.

El hombre necesita hablar, pelear contra el silencio, la soledad. Con voz temblorosa y ronca, murmura lentamente para que el guardia no lo escuche.

—Nunca fui hereje, ni creyente de mis obras, ni teólogo. Sólo quise ser un filósofo.

Mira todos los rincones de la celda, observa el vacío que llena el interior. Prefiere cerrar los ojos. Sabe que así puede ver. Aparecen luces y sombras; inquietas siluetas humanas que flotan unas detrás de otras; seres que lo ven de frente, a pesar de no tener rostro, con grandes bonetes en la cabeza y anchas sotanas que, inquietas, vaporosas, cubren los cuerpos. Bruno no deja de temblar; habla con humildad:

—Estoy en la mejor disposición de creer en lo que ustedes ordenen.

Una de las sombras toma el mando. Sin ser reconocido, se dirige a Bruno, lo señala. Con voz grave y pausada, le dice:

—Bruno de Nola, eres culpable de seguir las enseñanzas del hereje Novaiano, de negar el perdón a los apóstatas arrepentidos, de no creer en la Santísima Trinidad —Intimidado, cambia de posición para no verlo, pero la sombra no deja de colocarse enfrente de él. Pasa un momento de silencio.

El Furioso piensa; necesita meditar la respuesta, defenderse, demostrar su inocencia. Nervioso, mueve la cabeza para negarlo. Trata de incorporarse. No lo logra. Sus brazos están muy débiles. De repente, reconoce la identidad de la sombra. El miedo lo invade. Decide abrir los ojos. Todo desaparece. Vuelve a cerrarlos. La siniestra sombra sigue enfrente y empieza a hablarle:

—¡Eres obstinado! —Las palabras resuenan con fuerza en la prisión; el acusado siente que le revientan la cabeza.

—¡No, no, su Reverencia! —responde Bruno, temeroso. Pero la sombra no le da tiempo, continúa:

—¡En el nombre de nuestro Señor Jesucristo y su Gloriosísima Madre, siempre Virgen María, declaro que se te ha encontrado culpable!

Bruno no tiene argumentos para defenderse. Sólo repite lo que por meses ha dicho una y otra vez. Habla con voz pausada:

—¡Nunca quise crear mi propia secta ni hablé mal de la fe católica! ¡Tampoco dije que Cristo fuera un mago! ¡Por Dios!, ¿quién les ha dicho tanta mentira? ¡Acepto a Cristo, creo en él, en su pasión, en su muerte!

La sombra aumenta de tamaño, cada vez más amenazante.

—¡He decidido expulsarte de nuestra Santa e Inmaculada Iglesia al igual que a tus libros heréticos y erróneos! ¡Se te quitará el hábito de sacerdote y serás excomulgado! —La sombra cambia su voz a un tono de reconciliación—: oraremos, todos nosotros, para que tu alma encuentre un poco de paz cuando estés en el infierno. Por Dios Todopoderoso, en el nombre del Padre, del Hijo y del Espíritu Santo.

—Amén —contestan en coro las siluetas oscuras que, por momentos, aparecen y desaparecen detrás del inquisidor.

Las lágrimas escurren sobre las mejillas de Bruno. No desea abrir los ojos. Tiene miedo de que todo se convierta en realidad. Prefiere creer que sueña. De repente, el fétido aliento de la voz del inquisidor, con palabras empalagosas y suaves, le susurra al oído:

—Acepta tus errores y no sufrirás demás. De no ser así, morirás como el peor de los criminales; sufrirás como nunca habrás podido imaginar. Recapacita. Arrepiéntete. Aún es tiempo.

—Si alguna vez elogié a herejes fue por sus virtudes morales —Bruno contesta con determinación.

—¡No seas necio! ¡Di que rechazas tus ideas! —habla la voz, cada vez más impaciente.

—Si leí libros de herejes, ¡sólo fue por satisfacer mi curiosidad! —Bruno busca ser sincero, repite lo mismo que ha dicho desde hace años.

—¡Juraste fidelidad a la Iglesia! ¡Desviaste el camino! ¡Arrepiéntete! —la voz, enojada, insiste.

Bruno toma aire, necesita fuerzas. Abre los ojos, regresa a la nada, a la opresora oscuridad de la celda. Se levanta y grita:

—¡Afirmo que existen otros mundos con seres vivos, racionales e inmortales! ¡Así es como entiendo la perfección de Dios!

Sólo se escuchan sus gritos. Las sombras no aparecen. Él cierra los ojos; quiere hablar enfrente de alguien. Del vacío que lo rodea, se escucha la misteriosa voz:

—¡No quieres retractarte, necio! ¡Sí que eres obstinado! ¡Pero no cantes victoria, hereje! ¡He logrado reconocer la hipocresía en tus palabras y lo falso en la doctrina que enseñas! Por eso, ¡serás entregado a la Corte Secular, para que recibas el castigo merecido, para que tu alma sufra lo que corresponde a tus blasfemias y herejías! ¡Morirás entre las llamas!

—¡Sólo dudé de la encarnación del Verbo, pero ya no!

—¡Que te calles, hereje, me has cansado la paciencia! ¡Voy a destrozarte la boca y nunca volverás a hablar! —El hombre vuelve a golpear sobre la verja de hierro. Las voces desaparecen ante los gritos del celador. La prisión queda en silencio.

Bruno tose, intenta controlarse, detiene la respiración. No lo logra. Camina hacia atrás. Espera a que el guardia recorra el pesado cerrojo del portón de hierro y entre a castigarlo. Pasan varios minutos en silencio. Se escuchan pasos, voces. Por fin, la puerta se abre acompañada de agudos rechinidos. Penetra la luz de una antorcha. Varios guardias sujetan a Bruno con fuerza y lo desnudan. Le colocan una ropa ungida con azufre y con pinturas de diablos rojos que bailan de cabeza. Lo atan de pies y manos. Lo hacen caminar con cadenas a sus pies hacia el exterior de la celda para reunirlo con sus inquisidores y celadores. En procesión, lo llevan por las galeras que delimitan el castillo. Poco a poco, se unen monjes y más guardias.

Bruno observa las cruces que sostienen los sacerdotes, el estandarte del Santo Oficio que, en manos de uno de los soldados, destaca como símbolo del grupo. El inquisidor principal se acerca, lo ve con atención, lo bendice, habla. Bruno reconoce la misma voz de la sombra. Hace la cara a un lado, con gesto de rechazo. Ante tal reacción, lo obligan a hincarse. A pesar de esto, el inquisidor desea cumplir con su tarea. Lo bendice de nuevo, ora por él; luego pide que lo levanten. Continúan el arrastre de las cadenas, las letanías de los sacerdotes.

Llegan a las afueras del castillo, a la entrada del puente que cruza el río de la ciudad, donde una muchedumbre, impaciente, los espera. Fuertes gritos anuncian la salida del hereje. La procesión camina con ritmo lento, acompañada del periódico sonido seco y fuerte del tambor. Los lamentos cantados por los monjes parecen ser, al inicio, sólo murmullos, como si entre ellos se platicaran secretos. Al escuchar a la muchedumbre y sentirse acosado por sus insultos, Bruno grita:

—¡Nunca he querido crear una nueva secta!

Los gritos que lo acusan de hereje, pecador y hechicero no se detienen. Acostumbrado a ganar en discusiones, continúa:

—¡Nunca dudé de la divinidad de Cristo! ¡Siempre pensé bien de él!

Algunas personas, enfadadas por lo que declara el Furioso, le lanzan objetos. Bruno se ofende y contesta las agresiones:

—¡Nunca hablé mal de los profetas!

La gente continúa enardecida. Varios niños corren alrededor de él, se burlan, se contorsionan como si sus cuerpos estuvieran calcinándose. Mientras la procesión sigue detenida, Bruno grita:

—Sí, ¡el espacio es vacío e infinito!

La gente se enoja cada vez más.

—¡Hay infinitos mundos!

Los guardias se ven entre sí. Los inquisidores se molestan. Están indecisos en decidir cómo hacer que se calle.

—Sí, ¡hay otros mundos con animales racionales! Sí, ¡he leído a los herejes! ¡He leído libros prohibidos, por curiosidad, no por ignorancia! ¡Mercenarios! ¡Asesinos! ¡Escuchen, asnos del populacho: no les tengo miedo! ¡Para cuando los falsos reyes del cielo mueran con ese Dios siniestro, el de los vicios, el de las maldiciones, yo estaré con el Verdadero que da la vida!

—¡Por amor de Dios, callen al hereje!

Bruno se siente sujetado de la espalda por un guardia, mientras otro parece arrancarle la cabeza con todas sus fuerzas. Por momentos, siente que se ahoga. Ve a un hombre que le acerca un gran pinzón al rostro. Cree morir cuando la punta le atraviesa la mejilla y la lengua. Su mente se llena de manchas oscuras. Un dolor inmenso le nubla la visión. Apenas escucha los gritos de júbilo entre la gente. Sin haberse recuperado todavía, Bruno sufre la introducción de otra punta por la boca. El sabor de la sangre llena la garganta, la nariz; el Furioso trata de escupirla. El terror lo paraliza. Espesos fluidos entran a los pulmones; se ahoga, cae, se desmaya. Los soldados no lo dejan, lo levantan, lo obligan a estar de pie, a seguir viviendo.

PARTE IV

**El alma sólo existe con la vida
y después de la muerte.**

*La cábala
del caballo
Pegaso*

X

La noche se niega a retirarse; entre violentos chisporroteos a favor de la oscuridad, pelea contra el fuego de las antorchas que los guardias portan para alumbrar al grupo que acompaña al hereje; helada, se adhiere con firmeza a las pieles de hombres y mujeres hacinados en la plaza con la intención de fracturarlas, romperlas en pedazos, hacerse notar. Es en vano: hay mucha indiferencia en la gente interesada sólo en presenciar el castigo que recibirá el reo.

La procesión llegó a su destino hace tiempo. Los frailes que la conformaron desde el Castillo de San Ángel se hacen a un lado y dejan solos a los guardias, quienes se aprestan a continuar su trabajo: desnudar al hereje para sujetarlo con fuertes cadenas, de espaldas, a un gran poste colocado al centro del patíbulo.

El público sigue los gestos de dolor de Bruno, sobre todo cuando no logra soportar el trato de los soldados. Por segundos, el reo permanece quieto, resiste la tensión de las cadenas; entonces zarandea la cabeza, la lleva al frente, la agacha; con el rostro desencajado por la tortura acumulada, se vuelve hacia arriba, abre los ojos como si fueran a salirse; emite lastimosos bufidos ahogados por la mordaza. La gente aplaude, se mofa de él. Agotado, baja de nuevo la cabeza, deja de moverse. Para satisfacción del público, esto ocurre una y otra vez hasta que los guardias concluyen su trabajo.

Llega el turno del ejecutor de la sentencia. Un hombre rudo desafía el frío de la mañana al vestir un delgado camisón. Con facilidad, acomoda, en forma de pequeño círculo alrededor del reo la leña con que el hereje será calcinado.

Momentos de delirio y lucidez se alternan en la mente del reo mientras ve trabajar a su verdugo. Es torturado por gritos, rezos, burlas que, en caótico ruido, no puede evitar escuchar; por luces inestables, imágenes sin sentido; por pellizcos de cadenas, ardores de llagas sobre la piel; por aromas concentrados en su lastimado paladar, convertidos en amargos sabores de cenizas de leña carbonizada, de sangre coagulada.

Lo adormece tanto dolor, lo confunde: *Qué triste historia. ¿Así termina todo? ¡Ay, cómo pesan las cadenas! Si tan sólo, sí, si tan sólo pudiera explicarles; no con mi voz, no con mi lengua. ¡Ay, si tan sólo tuviera una última oportunidad!*

Se sobresalta atemorizado; abre los ojos ante la aparición repentina de un rostro sombrío de ojos apagados, cejas largas y blancas, barba rala y gran nariz cacariza. Recuperado de la sorpresa, cree reconocer la cara del anciano. Lo ve con atención; por fin, concluye que no es así.

El fraile, colocado frente a Bruno, no deja de observarlo; sólo cumple con la rutina de trabajo: redimir a los herejes, convencerlos de pedir perdón y evitarles el terrible sufrimiento al que fueron condenados por la ley en la Tierra.

El sacerdote se acerca lo más que puede. Sin poder evitarlo, se para con cuidado sobre algunos pedazos de leña colocados en el suelo, trata de no perder el equilibrio ni tener contacto físico con el reo.

El anciano flaquea por momentos. Espera a que Bruno lo reconozca como su antiguo maestro, de cuando se ordenó en el monasterio. A pesar de estar acostumbrado a ver la tristeza y el dolor extremo de los herejes a punto de morir en estas situaciones, el fraile se siente afectado al contemplarlo. No deja de observar la hemorragia que, sobre el rostro de su antiguo pupilo, escurre de las perforaciones de las mejillas, que brota de la boca, cortada en sus comisuras por el forzoso contacto con la mordaza, y sin resistencia fluye de los orificios de la nariz, de las heridas internas del cuerpo.

El viejo retoma su trabajo. Se arma de coraje para sobreponerse a la desazón que le ocasiona ver a su alumno. Como soldado de Dios, debe cumplir con su deber, y con voz delgada y quebradiza, le ordena:

—Por Dios, Jesús Cristo, quien vino a la Tierra y se hizo Hombre para el perdón de los pecados, ¡arrepiéntete!, ¡reniega de tus blasfemias!

Sin notar la mutilación de la lengua de Bruno, el sacerdote espera a que llegue la respuesta y la oiga el público. Percibe un ligero movimiento de cabeza; cree haber escuchado algo. Conmovido, se acerca al rostro del acusado, coloca los oídos junto a la ensangrentada boca. Con voz emocionada, a punto de llorar, le habla:

—Hijo mío, repite lo que acabas de decir —Pero no llega la respuesta; lo ve de nuevo; se topa con los ojos de Bruno, fijos, llenos de sangre. El monje es presa de una silenciosa y profunda mirada. Por momentos duda, piensa en irse, se contiene; ¡no puede renunciar a cumplir la misión que Dios le ha dado! Coloca una cruz de madera frente a él y grita varias veces—: ¡En nombre del Señor, arrepiéntete para que no sufras más!

Bruno mantiene fija la mirada. Escurren lágrimas que, entre gotas de sangre, lodo y sudor, se pierden sobre el rostro. El anciano entiende la razón por la que el reo calla, se da cuenta de los daños que la mordaza le ocasionó. Traga saliva, no soporta verlo más. En silencio, se agacha y sale apresurado del cadalso. Pisa en falso la leña, resbala, cae; se rasguña la cara y las manos; ensangrentado, se duele de las heridas. Un guardia lo ayuda y se lo lleva lejos.

La negativa de Bruno a responder enardece al populacho. Caóticas corrientes de gritos fluyen por la plaza. Llevan consigo anécdotas del pasado, acusaciones de herejía. Sentencias filosóficas que alguna vez fueron pronunciadas por Bruno se repiten una y otra vez: crear una nueva religión, negar a la Santísima Trinidad, afirmar que los planetas giran alrededor del Sol, creer en la existencia de un universo infinito y de otros mundos con vida.

Bruno vuelve a sentirse adormecido por el intenso dolor; cierra los ojos. No ve, no escucha, no siente. Por unos minutos olvida la lengua desgarrada y la pesadez de las cadenas. A veces logra hilar algunos pensamientos. ¿Y si la Divinidad se apiadara de él? ¿Y si ocurriera un milagro? Podría retroceder el tiempo, escoger un nuevo destino. Pero no, sería inútil, tomaría otra vez el mismo sendero; trataría de saciar la curiosidad que siempre ardió en su interior. No podría dejar de buscar la verdad, de reconocer a la Divinidad en el Universo. Qué años de felicidad vivió desde que escapó de las denuncias del Santo Oficio. ¡Cuántos países, ideas, conocimientos! Si tan sólo pudiera ver al Santo Padre para hablar con él, decirle que es católico, que está seguro de su religión, que sólo le permita hacerle algunos cambios.

Bruno abre los ojos de golpe. En completo silencio, observa cientos de rostros atentos al trabajo del verdugo. Los vuelve a cerrar. El público teme que la leña cubra por completo el cuerpo del acusado. Algunos protestan; otros buscan mejores lugares para no perder detalles. Todos quieren asegurarse de presenciar el espectáculo, sin dejar de ver ni las contorsiones de un cuerpo castigado por el fuego, ni los gestos desencajados de un rostro vencido por el peor de los sufrimientos.

El verdugo percibe la inquietud del público. Deja, en la leña que coloca, espacios suficientes para no arriesgar el éxito del espectáculo. Sólo necesita asegurar que el fuego se alimente bien.

XI

A través de una avalancha de imágenes y sensaciones adheridas a todos los rincones de la mente de Bruno, el terror persiste en medio de delirios y pesadillas, posible resultado del miedo a lo desconocido, de encontrarse con la nada, con el infinito vacío, sin luz, lleno de soledad. Se siente atemorizado porque finalmente podría descubrir que la frontera entre vida y muerte no existe, que ese mundo al que pretende partir es el mismo donde ahora se encuentra, rodeado por demonios encarnados en seres humanos, ángeles caídos que se apoderaron del mundo, quienes, después de hacerlo prisionero, lo ataron con cadenas para convertirlo en espectáculo, cumplir la encomienda de maldecirlo, burlarse de él, obligarlo a pagar por toda la eternidad la condena ganada por sus blasfemias, hacerlo víctima del odio acumulado por el Hombre contra el Hombre, que lo esclaviza a la sinrazón de quienes disfrutan del lento sufrimiento de los lastimados, heridos, asesinados.

De nuevo adormecen su cuerpo los dolores que lo atormentan por la mutilación de la lengua y las innumerables heridas que atraviesan su piel. Hay breves instantes de conciencia que le permiten reflexionar sobre el destino inexorable.

En este momento de calma, sin haber llegado a confesarse culpable del crimen que se le acusa, se reconforta ante la única certidumbre que, hasta ahora, ha logrado encontrar. Repite en sus pensamientos lo rápido que todo llegará a su fin.

En un esfuerzo por no sentirse atemorizado, Bruno se concentra de manera accidentada en el fondo de sus ideas. Busca llenarse de nuevo con la imaginación y el conocimiento. Sin que la oscuridad lo abandone, se ve en un extraño mundo asfixiado por el calor insoportable a través de espesas nubes de humo. Deslumbrado por relámpagos silenciosos sobre el horizonte, permite que viejos recuerdos lleguen a su mente: *Viajé por peligrosos caminos en busca de la Luz Divina, a merced de animales de gran ponzoña, de ríos embravecidos, de mares tenebrosos; crucé montañas cuyos peligrosos caminos me llevaron al borde de la muerte hasta que, hace ocho años, llegué a un bosque misterioso, iluminado por una grande y opaca luna, testigo inflexible del sombrío paso del tiempo. Caminé con cuidado, evité los peligros que acechaban a mi alrededor, descubrí un pequeño claro donde me esperaba una bella mujer, quien, al verme, se acercó a mí. Extasiado, rendí mi espíritu, me hinqué frente a ella y esperé a escuchar la dulzura de sus palabras. ¡Oh, destino que no esperaba!*

—Soy la madre de las tinieblas, la hechicera que gusta de convertir en animales a los hombres. He sido elegida por las deidades para castigar tu soberbia, tu penoso afán por conocer sólo la Gran Luz y olvidar los brillos menores. Por todo esto, ¡ordeno que las llamas del Sol Divino te vacíen los ojos y, al final, conviertan en cenizas los humores de tu cuerpo!

Así, al ver sólo dentro de mí, conocí la oscuridad que reina en mi alma. Lloré, imploré perdón. Para asegurarme de que no se había ido, traté de tocar a la hechicera; fue inútil. Sin embargo, escuché su voz una vez más:

—Tendrás una esperanza. Dame tus manos. Toma este pequeño vaso de oro. Tócalo, siéntelo. Está cerrado. Será el símbolo de tu ceguera hasta que puedas abrirlo. Entonces serás perdonado y recuperarás el placer de ver la luz que tanto veneras.

Así transcurrieron ocho años, vagué en medio de la oscuridad. Armado de paciencia y fe, recorrí caminos desconocidos que veía sólo al tocar y escuchar. Decidí guiarme por las riberas del Támesis, el gran río sagrado, sombra del Jordán en la Bretaña. Y heme aquí, en este caluroso lugar lleno de cavernas y extraños templos enquistados entre gigantescas rocas que, por el monstruoso sonido que escucho, parecen detener la furia de grandes olas lanzadas por un mar que enferma al recibir la corriente que seguí. Heme aquí, derrotado por la oscuridad; asediado por voces que me acusan de terribles pecados. De nada sirve gritar: nadie me escucha. ¡Qué terrible es no poder gozar de la luz de los nuevos días! ¡Qué impotencia la de mi alma!

Bruno detiene el llanto. Un ligero escalofrío pasa por su cuerpo al sentir una mano femenina tocarle la frente para quemarlo. A pesar de ello, la piel es suave y emana dulces olores que lo tranquilizan. En su ceguera, imagina a la mujer como la dueña de una extraordinaria belleza; él sonríe: *El viaje no ha sido en vano. ¡Llegué a donde el destino me ordenó!*

Con impaciencia, cubierto de sudor, Bruno busca, entre la ropa, el vaso dorado que no ha podido abrir. Lo encuentra. A pesar de arderle las manos al tocarlo, lo frota, lo limpia; adivina el sitio donde la mujer se encuentra y se lo ofrece: ¡*Toma, toma el vaso! ¡Tal vez eres la persona escogida para romper el hechizo y permitirme, aunque sea por última vez en mi corta existencia, gozar de la Luz Divina!*

La mujer lo acepta, se apiada de él. Con ambas manos, lo oprime. Entonces el vaso cede, se abre con facilidad. Bruno siente un fuerte ardor que le quema los ojos a la vez que filosas brasas le cortan el cuerpo. Grita adolorido. Al mismo tiempo, el cielo se descubre y un brillo dorado deslumbra su vista: ¡*Ocurrió el milagro! ¡Veo el vaso abierto! ¡He ahí la dama que me liberó de este castigo!*

Bruno sigue con la mirada a la mujer que camina hacia el horizonte; observa la silueta de su cuerpo en movimiento, bajo los pliegues de un vestido blancuzco, transparente, con el ondular de una cabellera negra bajo el efecto del caprichoso viento. Entonces, él vuelve el rostro hacia el cielo. Extasiado, grita ante un descubrimiento inesperado: *¡Oh, par de estrellas sonrientes, las más bellas del mundo! ¡Se han presentado tras ocho años de haberlas extraviado! ¡Tú, la Divinidad!; ¡tú, la Filosofía!*

A pesar de la alta temperatura, Giordano Bruno grita de gusto; quiere que se conozca el prodigio que acaba de presenciar después de haber pasado por tan terrible castigo de Circe, de haber obtenido el perdón, de gozar la apertura del cielo, de ver la Gracia Divina: *¡Ha llegado la hora de derrotar a los estafadores! ¡La Divinidad se verá en los campos y en las montañas, en los ríos y en los mares, en los riscos y en las hondonadas, en las espinas y en las ramas! ¡No hay ceguera más digna que lograr ver a donde Dios ha bendecido el destino!*

Con alegría, vuelve la vista a la mujer que ya está lejos. En medio de una tormenta provocada por deslumbrantes rayos de luz que emergen de la Tierra, ella lo mira. Bruno calla. Espantado, reconoce a la hechicera que lo dejó ciego, quien ahora ríe a carcajadas y grita:

—¡Los humores de tu cuerpo se convertirán en cenizas!

El calor se hace cada vez más intenso. Abre los ojos. La cruz sostenida por una larga varilla posa frente a él. La observa. Desesperado, contiene la respiración al sentir que el ardor de las llamas que cruzan su cuerpo invade los pulmones. Un grupo de libros es arrojado a sus pies; se consume de inmediato. Se niega a ver la cruz. Con soberbia, vuelve la cabeza a un lado. Parte de la leña se estremece, y con gran estruendo, cae, se rompe entre las llamas. El público se alegra al saber que tendrá más detalle del lento sufrimiento del hereje. La luz de la mañana, por fin, aparece en el cielo. El silencio que Bruno mantenía dentro de la pira se ha interrumpido; gemidos de gran pena se escuchan desde una lengua cercenada. El calor de la mordaza de hierro deshace la boca. Gritos apagados, sin voz; dolorosa aflicción. Nauseabundos aromas penetran en la plaza y, por momentos, compiten entre sí: la piel carbonizada, la oxidada sangre hecha vapor, la ardiente madera; los olores taladran el olfato del público al cocerse las entrañas del acusado.

Cinzia y Roderic caminan fuera de la plaza. Alcanzan a distinguir el resplandor de la hoguera. Escuchan el terror del hombre que se quema y el regocijo de los testigos.

—¡Deberíamos regresar a verlo! —insiste él—. ¡Nunca he visto a un hereje entre las llamas!

—Yo tampoco —contesta Cinzia. Duda—, pero es mejor irnos, aprovechar que nadie nos presta atención. Vámonos, no nos arriesguemos más —Roderic se convence de que huir es la mejor opción. Pronto, se pierden entre las calles de las orillas de la Ciudad Santa.

Mientras, a un extremo de la plaza, el ayudante del prestamista yace sentado, los ojos pelados, el rostro lleno de pánico y un hilillo de sangre en la boca. Pide auxilio, pero su voz es tan débil que nadie lo escucha.

Ante un público ávido de presenciar los sufrimientos de Bruno, la leña cede por completo, y como telón que se abre para iniciar la obra, lo descubre en su totalidad.

Después de tan larga tortura, desaparecen los gritos; sólo quedan estertores de un cuerpo que se retuerce sin voluntad. Hombres y mujeres se persignan complacidos. Algunos niños imitan las convulsiones de los restos quemados.

La luz del amanecer cobra fuerza. Pasa el día a medida que, entre nubes de humo, sobre el suelo, aparecen desperdigados pedazos de hueso y cadenas bajo montones de cenizas que se dejan llevar por el viento. El éxtasis de la gente termina. El público, cansado, pero satisfecho, en medio de una bruma negra, pegajosa y sucia, se retira, poco a poco, en silencio.

XII

Los amigos, vestidos de blanco y negro, de orden religiosa reconocida por la gente, conversan mientras caminan por el Campo de la Flores una vez que el sol dejó su máxima intensidad. Pronto llegan al centro de la plaza, junto a los restos de leña quemada, cenizas y huesos. Se detienen, callan, observan con beneplácito el trabajo del verdugo. A pesar del frío que no ha dejado de sentirse, el corpulento hombre lleva a cabo su labor sin cubrirse el torso. Las últimas horas de su trabajo fueron las más arduas: preparar la pira, prenderla, asegurar que el condenado haya sentido el peor sufrimiento de su vida, recuperar las cadenas, y ahora, sólo queda romper los huesos dispersos sobre el cadalso para evitar que los curiosos se acerquen y los roben para convertirlos en reliquias religiosas llenas de prodigios.

Con rostro de aprobación, al ver el trabajo del hombre, los frailes continúan su trayecto. La gente retoma sus actividades cotidianas, camina con tranquilidad por la plaza como si nada hubiera ocurrido. La mayoría, cuando se acerca al lugar, se persigna, le da la vuelta, apura el paso. La pareja reinicia la conversación. El hombre alto, lleno de energía, con nuevas ideas, se dirige a su compañero:

—He aquí cumplida la misión encargada por Santo Domingo de Guzmán, el fundador de nuestra orden. Hemos pasado por muchos años para que, por fin, la voz de nosotros sea respetada. No fue así en un principio, hubo quienes nos desoyeron. Fue necesario pedir al poder en la Tierra la fuerza necesaria para obligarlos a dejar de ser sirvientes del Diablo. ¡Pero no pongas esa cara! Sí, estoy de acuerdo con que fue mucha la sangre derramada, pero era necesario. Demasiados inocentes pagaron por esto, pero como el Santo Padre dijo al ordenarlo, "Dios debe reconocer a los suyos en el Cielo". Gracias a nuestra disciplina, a dedicarnos al estudio, a la oración y a la predicación, fuimos designados y cumplimos con nuestro deber: castigar a los herejes y brujas que no renuncian a sus ideas. Estamos para este propósito: es nuestro fin en la Tierra. Pero ¿qué te ocurre? ¡Parece que no escuchas!

—Pensaba en la mujer de la madrugada.

—¿La bruja? ¿De qué te preocupas? Cumplimos con nuestro deber.

—¿Y si es inocente?

—Recuerda esto: el juicio final estará con Dios si es que en la Tierra nos equivocamos. No peques de ingenuo. Si la ley divina ordena matarlas es porque el Diablo siempre estará presente en ellas para hacerles perder sus almas. No podemos tenerles compasión. Son las criminales más crueles.

—¿Qué va a pasar con ella?

—Lo primero será desenmascararla. Para eso será el interrogatorio.

—¿En el potro? ¿Con garfios en la cintura? ¿Pincharán sus brazos y piernas? —A pesar de la naturaleza de las preguntas, se ve, en el rostro del joven fraile, un leve gesto de placer por el tema.

—Así es. Pero como castigo final, lo preferible es que la quemen. Las brujas traen muchas maldiciones. Avientan piedras y generan tempestades. Además, son maestras en perturbar la mente de los hombres hasta llevarlos a la locura para quitarles la vida y entregar sus almas al Diablo.

—Muchos males vienen de magos y de brujas.

—Sí. ¡El Diablo tiene mucho poder para engañar a la gente! —El hombre alto ve a donde Bruno fue quemado—. Existe una verdad que no debes olvidar: la credulidad y facilidad con que las personas se impresionan permite que el Demonio se aproveche de ellas para atacarlas.

—He ahí un ejemplo, el Furioso —Señala con la mano los restos de la hoguera.

—Sí, un ejemplo de soberbia. Ese hombre creyó ver más lejos que todos nosotros. De nada le sirvió cubrirse en un manto de grandiosidad. La verdad ganó y ahora su imagen desaparecerá. Nos hemos librado de otro mensajero del Diablo.

—Y yo que aún tenía dudas de la culpabilidad del Furioso.

—Por fortuna no caíste en los mismos errores de él, lo que demuestra tu inteligencia y tu valor para defender la verdad. Pero regresemos al tema de las brujas —el hombre alto habla con un discurso memorizado—. Las mujeres son las más impresionables y siempre están dispuestas a recibir revelaciones de espíritus. Su lengua es mentirosa y ligera. Recuerda que la mujer fue formada por una costilla curva, torcida, opuesta al varón; es un animal imperfecto que siempre engañará. Por eso, son el instrumento preferido de los demonios; cuando las tienen en su poder, les ordenan causar males a los hombres para que, luego, les pidan favores a ellas.

—¿Cómo puedo identificarlas?

—En la literatura adecuada encontrarás respuesta a esto. Basta que conozcas algo de lo que he aprendido: escupen durante la elevación del cuerpo de Cristo; se burlan de la Iglesia; ofenden, responden grotescamente cuando los sacerdotes dicen "el señor está con ustedes". Pero el fondo del asunto yace sobre el deseo y los goces carnales; más todavía, si son jóvenes, bellas y vírgenes.

—¡Yo sabría cómo defenderme de ellas!

—Tú estás preparado. En la madrugada lo demostraste. Pero muchos se pierden ante su inmenso poder. ¡Levantan tempestades en medio de relámpagos y truenos! ¡Enloquecen a los caballos cuando son guiados por sus jinetes! ¡Se trasladan a través del aire!

Influyen en jueces y magistrados. ¡Pueden predecir el futuro, provocar abortos, embrujar con la mirada, desencadenar pestes, entregarse a ofensas carnales de todo tipo! —La pareja sigue su camino hacia el otro extremo de la plaza. Desaparece por la calle donde, la noche anterior, llegó la procesión que traía a Bruno.

A unos metros, un grupo de guardias examina el cuerpo de un hombre delgado, pálido, sentado contra la pared. En un principio creían que estaba borracho. El joven, con los ojos muy abiertos y el cuerpo inerte, tiene la mano derecha sobre un cuchillo hundido en el estómago, y la otra, dentro de una masa de excremento. Los soldados lo reconocen. De inmediato, dan la orden a los subalternos para que vayan a avisar al protector del joven asesinado, al judío Elías, el prestamista.

PARTE V

Existen innumerables mundos
parecidos al nuestro.

De infinito

XIII

Sin importarle el frío de la noche, el roedor se desliza con tranquilidad por las orillas de la celda. A pesar del gran tamaño, gusta de confundirse en la oscuridad, juega, se recarga sobre la irregular superficie del piso, sigue la luz que, nacida de las teas colgadas sobre los muros de la crujía, mancha temblorosa la irregular superficie de las paredes. Regresa a las sombras.

Con rápidos movimientos de nariz y lengua, olisquea lo que se atraviesa a su paso; roe las piedras, las prueba. Reconoce el sabor de la dulce sangre seca, de sales de sudor, de minúsculos restos de piel raspada, de pegajosos y finos hilos de evacuaciones diversas. Por momentos, es presa del desasosiego que produce esta experiencia, al hacerle sentir que arrecia el hambre. Corre de un lado a otro de la prisión en busca de comida, se pone cada vez más nervioso, cree estar a punto de encontrarla; muerde la tierra, la raspa con las uñas hasta agotarse; detiene la actividad por completo; acepta que todo fue inútil.

De repente, el roedor se queda quieto, en guardia. Extraños cuerpos emergen de la profunda oscuridad de las paredes. Entes amorfos flotan, se desplazan sobre el piso como opacas neblinas. Las sombras se materializan en siluetas de hombres altos y delgados, bajos y gordos, vestidos con amplias túnicas, sotanas y mitras; portan largos bastones terminados en cruces largas y delgadas. Van, vienen, se abrazan, se besan, se saludan. Llenan la celda con un sinfín de voces discretas e incomprensibles.

El grande y gelatinoso animal se confía de nuevo; se arrastra hasta colocarse bajo los pies de uno de ellos; se recuesta, bosteza, dormita. Despierta ante el golpeteo que provocan, sobre los oídos, varios gritos nerviosos. Vuelve los pequeños ojos al rincón de la celda de donde provienen las voces. Ahí, la angustiada sombra de un hombre delgado, agachado, que dice "no" con ligeros movimientos de cabeza, calla y escucha con atención la voz orgullosa de su superior quien, al mover los brazos en todas direcciones, agita el enorme báculo.

—¡Estos herejes son los peores! Si no son capaces de arrepentirse, si no aceptan retractarse pronto, ¡acaben con ellos!

—¡Su Santidad, escuche! ¡Muchos son mujeres y niños! —contesta la silueta, agachada, con la mirada al suelo.

—¡No importa! ¡Mátenlos a todos, que Dios reconocerá a los suyos!

El roedor, asustado, corre nervioso al otro extremo de la pared. Figuras y gritos se desvanecen, regresan los murmullos. Nuevas sombras se muestran, se dejan iluminar por manchas temblorosas de luz. Amarillentas y rojizas, se hacen intensas y se apagan. Una de ellas, el perfil de un hombre de carácter recio camina de un lado a otro, absorta en la lectura de un grueso libro. El roedor, sigiloso, se acerca, la observa, la olfatea. Entonces se escucha un grito que proviene del vacío:

—¡Señor, señor! ¡Pedro d'Abano!

—¿Qué ocurre con el muerto? —La sombra interrumpe la lectura y vuelve la cabeza a donde cree haber escuchado la voz.

—¡Su cuerpo, su cuerpo! ¡Señor!

—¡Por amor de Dios! ¿De qué hablas? —La sombra mueve ligeramente la cabeza.

—¡El cuerpo del difunto, señor! ¡El cuerpo del difunto desapareció!

—¿Qué tontería dices? ¿El cuerpo de quién? ¿A dónde se lo llevaron? —la sombra pregunta molesta.

—¡Pedro d'Abano, señor! ¡No sabemos quién fue el ladrón! ¡No sabemos nada, señor!

—¡El hombre que negó la existencia del Demonio y de la Divina Providencia?, ¿el que buscaba las causas de la luz y de los cielos?, ¿el practicante de ritos mágicos?, ¿el que decidió morir antes de ser juzgado? —La sombra agita su báculo con energía.

—¡Sí, señor!, ¡el mismo!

—¡Debieron haberlo quemado, aunque fuera al cuerpo podrido!

—Sí, su Señoría, ¡pero ya no está!

—Entonces, si desapareció, ¡hagan una imagen de él y quémenla!

Los cuerpos oscuros se desdibujan bajo la luz intermitente de la antorcha. Nuevas sombras aparecen por todos los rincones de la celda, acompañadas de voces y gritos, oraciones, golpes de cadena. El gordo cuerpo del roedor se alerta, deja de moverse, encoge el cuerpo. Pronto, se inicia un nuevo espectáculo: gritos por doquier.

—¡La hermana del judío muerto será quemada junto con él! —resuena una voz grave, fuerte, enojada.

El animal se paraliza. La luz es tan débil que todo parece desaparecer. Ensordecedores truenos de tormentas inexistentes se escuchan a lo largo de la celda. Nuevas voces chocan entre sí.

—¡Miguel Serveto!, por orden de nuestro hermano Juan Calvino, te acusamos de haber escrito que la Trinidad es un monstruo de tres cabezas. —El roedor sólo acierta a voltear la cabeza adonde cree que sale la voz.

—¡Giordano Bruno!, ¡hombre obstinado!, ¡condenamos y prohibimos tus libros por heréticos!

A veces, todo se escucha al mismo tiempo o suenan voces débiles y llenas de pavor.

—Yo, Galileo Galilei, juro que siempre he creído, creo y creeré, con la ayuda de Dios, lo que la Santa Iglesia predica y enseña.

—Yo, el Papa, ¡abandonaré Roma en cuanto levanten la estatua de Giordano Bruno! —El animal se pega al suelo. Así no es tocado por las sombras que, con rapidez, se desplazan sobre él.

—La Iglesia lamenta que este hombre, por un juicio, haya acabado en la hoguera.

—Serveto, ¡niegas las escrituras por decir que Jesús Cristo es hijo de David!

—Después de cuatrocientos años, seguimos sin aprobar sus doctrinas.

—Señor, ha habido manifestaciones, choques entre la muchedumbre y la policía. ¡La gente desea que se quede la estatua!

—Fue procesado con base en el derecho de la época.

—Serveto, por todo esto, ¡aquí, en Ginebra, serás atado y quemado vivo con tu libro herético, para que todo quede reducido a cenizas!

—No nos toca expresar juicios sobre la conciencia de cuantos se vieron implicados en estos sucesos.

Toda calla de repente. Los cuerpos oscuros detienen sus vertiginosos movimientos, desaparecen de golpe. Nuevas luces se adhieren a las paredes. El roedor se yergue, se pone en guardia. Huele y escucha algo diferente de lo que hasta ese momento ha percibido. Levanta las orejas. Escucha pasos y cadenas que se arrastran, voces rudas, carcajadas. Las sombras reales de hombres aparecen a la entrada del portón abierto. Un grupo de guardias la atraviesa, cargan a una mujer inconsciente. El roedor, espantado, se escabulle de inmediato; alcanza a tocar los pies de uno de ellos.

—¡Maldita rata! —exclama el celador. Los demás ríen burlones.

Avientan a la mujer sobre el camastro. Se escucha el golpe de la cabeza contra la dura superficie. Ella no reacciona. Los guardias le quitan las cadenas que sujetan pies y manos. El cuerpo pequeño, delgado en extremo, de ojos grandes y rostro lleno de manchas oscuras y escamosas, aún reacciona.

—¡La bruja está viva! —grita uno de los guardias al acercarse a la nariz de ella, sin esconder su repugnancia, para comprobar que sigue viva. Los guardias se persignan y la abandonan; la dejan sola en medio de la celda.

La oscuridad se hace total al cerrarse el portón de hierro entre fuertes rechinidos metálicos. Sobre las paredes, un fondo blanco, como si la luz de la luna entrara por un pequeño orificio para cubrir el interior. Regresan las sombras, salen de las paredes, se materializan; platican entre ellas, discuten, emiten elocuentes discursos, se cuentan historias. Despacio, en silencio total, caminan adonde yace tirada la mujer. Se detienen junto a ella. Callan. Curiosos, se agachan, la ven de frente. Un alarido lleno de pavor se escucha en la prisión. Ella grita con fuerza:

—¡No más, por amor de Dios!

Las sombras desaparecen junto con la luz blanquecina que, por un momento, dio vida al lugar. La agitada respiración de la acusada se extiende solitaria por el vacío de la celda. Su cuerpo adolorido no puede moverse. Aterrorizada, abre los rígidos ojos adormecidos, intenta moverlos, ver en todas direcciones, buscar a sus verdugos. Una vez más, quiere confesarse culpable, parar la tortura.

Mientras tanto, afuera de la ciudad, Cinzia y Roderic se preparan para un largo viaje. Él, con dinero suficiente, planea un trayecto cómodo, sin problemas, listo para recuperar su nombre. Ella, con una sonrisa, permanece pensativa, con la mirada perdida en una ligera esperanza, confiada en que el puerto de Génova no llegue a formar parte del camino de regreso.

ÍNDICE

Presentación	9
PARTE I	11
I	15
II	19
III	27
PARTE II	33
IV	37
V	41
VI	47
PARTE III	53
VII	57
VIII	63
IX	69
PARTE IV	75
X	79
XI	83
XII	89
PARTE V	93
XIII	97

Made in the USA
Columbia, SC
01 September 2023

6e79348c-d572-4fb6-abd0-316a18192510R01